AF565397
Themse
Grandpas Häuschen
Haus der Doodles
Cutty Sark
Altenheim
Antiquitätenladen
Greenwich

Stefan Schwinn

GHOST-KIDS

Spuk in London

Ebenso beim BVK Buch Verlag Kempen passend zum Buch erschienen:
Begleitmaterial zu „GHOSTKIDS – Spuk in London"
– auf Deutsch und Englisch –
ISBN 978-3-86740-924-7

Bibliografische Information der Deutschen Bibliothek
Die Deutsche Bibliothek verzeichnet diese Publikation in der Deutschen Nationalbibliografie; detaillierte bibliografische Daten sind im Internet über www.dnb.de abrufbar.

www.buchverlagkempen.de

2. Auflage, Kempen 2019

Nach der neuen deutschen Rechtschreibung

Lektorat: Simone Mann, BVK; Sandy Willems-van der Gieth, BVK
Umschlaggestaltung: Daniela Heirich, BVK, unter Verwendung folgender Bilder: Daniela Heirich, Oberhausen (Illustrationen Ghostkids); © stock.adobe.com (Big Ben, London, schottische Texturen);
Gestaltung: Daniela Heirich, BVK
Illustrationen: Daniela Heirich, Oberhausen
Karte Vorsatzpapier: © stock.adobe.com
Druck / Bindung: GrafikMediaProduktionsmanagement GmbH, D-Köln

Printed in Europe

Best.-Nr.: LI115, ISBN 978-3-86740-891-2

INHALT

Die Ghostkids ...

HAZY MCMAZY ist ein Poltergeist aus den schottischen Highlands. Sie ist kess und temperamentvoll. In ihrem Tartankittel hat sie eine Menge Rasseln und Pfeifen und kann jederzeit für eine Überraschung sorgen.

TACITUS TWIGGS stammt aus einem alten Hausgeister-geschlecht aus Glastonbury. Er ist ein fleißiger Schüler, außerdem sehr sportlich und denkt gern länger über Probleme nach. Meistens kommen ihm dabei gute Ideen.

FOGGY BOG gehört zu einer Sumpfgeisterfamilie aus den Sümpfen Nordenglands. Auf den ersten Blick wirkt er gemütlich und ein bisschen langsam. Aber wenn Gefahr droht, geht er mutig voran.

... und ihre Freunde.

MICHAEL DOODLE freut sich auf die große Feier zu seinem 12. Geburtstag. Er spielt oft Fußball oder fährt mit seinem BMX-Rad durch die Gegend. Er liest gern Krimis, am liebsten Geschichten von Sherlock Holmes.

SUE DOODLE ist Michaels kleine Schwester. Sie ist sportlich und kann toll zeichnen. Und für ihr Alter besitzt sie eine Menge Mut.

SAM HEATON ist Michaels bester Freund. In ihrer Freizeit sind die beiden unzertrennlich, sie gehen zusammen zum Sport oder stürzen sich in Abenteuer.

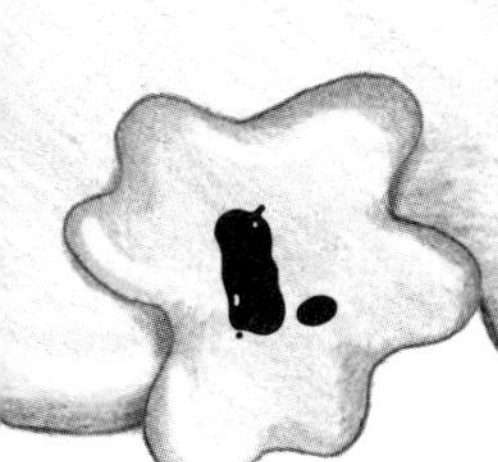

1. Eine faustdicke Überraschung

„Twiggs, McMazy, Bog, wir haben euch ausgewählt!"

Mit prüfendem Blick sah Sophisticus Wise, der Direktor der Geisterakademie zu Cambridge, in die Gesichter der drei Schüler, die vor seinem schweren Eichenschreibtisch aufgereiht auf ihren Stühlen hockten und unruhig darauf hin- und herrutschten.

„So ein Mist ...", entfuhr es Foggy Bog.

„Gibt es etwas anzumerken?", erwiderte der Direktor und zog dabei seine buschigen Augenbrauen hoch.

Foggy zuckte zusammen. Mit errötetem Kopf stammelte er: „Nein, nein! ... Ich wollte bloß ... Wissen Sie ... ähm ... eigentlich fahre ich in fünfzehn Minuten mit meinem Onkel auf eine große Schottland-Sumpftour."

„Ich fürchte", wandte sich Sophisticus Wise mit dem Hauch eines Lächelns an den rundlichen Sumpfgeist, „deine Ferienpläne haben sich gerade etwas verändert."

Während Foggy ratlos zu seinen Freunden Hazy McMazy und Tacitus Twiggs schaute, gebot Professor Wise den dreien mit einem Wink, sich zu erheben und ihm zu folgen. Zögerlich schritten sie hinter ihm her und bogen in einen der großen Flure des verschachtelten Gemäuers ab.

„Ich werd verrückt", murmelte Tacitus. „Im ganzen Leben hätte ich nicht damit gerechnet, dass es uns trifft!"

„Ist bestimmt sowieso alles nur ein Irrtum", flüsterte Foggy vor sich hin.

„Ach was“, tuschelte Hazy grinsend. „Wir sind eben die Besten!“ Professor Wise stoppte, musterte die drei kurz und meinte: „Ihr dürft sicher sein, dass wir uns nicht geirrt haben, sondern euch klaren Verstandes und nach eingehender Prüfung für geeignet befunden haben.“

Wow!, dachte Tacitus.

„Das heißt, wir sind die neuen Ghostkids?!“, brach es aus Hazy heraus.

„Wir möchten euch zumindest dazu ausbilden", erwiderte Direktor Wise.
„Das ist ja fantastisch!", kreischte Hazy und vollführte Luftsprünge zwischen ihren beiden Freunden.
„Hazy", knurrte Sophisticus Wise. „Du wirst dein Temperament zügeln müssen, wenn du die vor dir liegende Aufgabe meistern möchtest. Auch wenn ..."
„Auch wenn ich ein Poltergeist bin, schon klar", fiel Hazy Professor Wise ins Wort.
Und ein freches Plappermaul, dachte Foggy, der im Herzen gern so kess wie Hazy gewesen wäre. Aber Sumpfgeister wie er hatten nun mal ein anderes Naturell. Mutig war er schon, aber nicht so vorlaut.
Sophisticus Wise nickte Hazy kurz mit dem Kopf zu, ehe er drängte: „Nun aber weiter. Meine Kollegin erwartet euch bereits."

So folgten ihm die drei durch immer neue, weitläufige Flure der Akademie. Trotz seiner Größe wirkte der mächtige Sandsteinbau von außen nicht halb so verwinkelt, wie von innen. Die Akademie lag in einem riesigen Park, der bis ans Ufer des Flusses Cam reichte. Schon von weitem waren die zahlreichen Dächer, Erker und Türmchen der größten Geisterschule Englands zu entdecken. Was für ein imposanter Anblick!
Doch momentan wirkte hier alles eher unbedeutend, ruhig und verlassen. Nur vereinzelt drang von außen noch entferntes Gelächter herein. Die letzten verbliebenen Schüler wurden gerade von ihren Familien abgeholt. Alle, nur sie nicht.

Sie hatte man nach der Feierstunde in der großen Aula ins Büro des Direktors gerufen. Ihre Ferien mit den Familien waren damit wohl fürs Erste gestrichen.
All dies traf sie wie ein Blitz aus heiterem Himmel. Sicher, Professor Wise hatte in seiner Ansprache an die Schüler auch von den neuen Ghostkids-Kandidaten gesprochen. Aber das betraf doch immer die anderen! Und jetzt ausgerechnet sie? Sie? Foggy, Hazy und Tacitus? Noch dazu am letzten Schultag vor den Herbstferien?
Den Herbstferien!

Am Ende des Flures erreichten sie eine Wendeltreppe, die sich hoch in einen ihnen bisher unbekannten Bereich erstreckte. Als sie die letzte Windung der knarzenden Treppe genommen hatten, gelangten sie in einen schmalen Korridor. Professor Wise öffnete im nächsten Moment eine wuchtige Tür. Mit klopfenden Herzen folgten ihm die drei Geisterschüler in einen großen Raum.

„Oh, Professor Wise! Da sind Sie ja endlich mit den dreien", rief eine schlanke, hochgewachsene Dame, als sie auf die Ankömmlinge zustürmte. Es war Professorin Flask.
Tacitus, Foggy und Hazy blieb keine Zeit, sich in dem imposanten Zimmer zu orientieren. Schon zerrte die zarte Erscheinung abwechselnd an ihren Händen, und mit einem „Setzt euch! Setzt euch nur!" drängte sie die Schüler energisch zu einem riesigen roten Plüschsofa. Verdutzt sanken die drei tief in die weichen Polster.

Die Professoren nahmen in zwei schweren Ohrensesseln Platz. Die Geisterschüler lächelten und ihre Gesichter verrieten, dass sie vor Neugierde beinahe platzten.
Sophisticus Wise räusperte sich, ehe er schleppend begann. Bei der Nennung ihrer Namen, bei jedem Halbsatz schien er sicherzustellen, dass die drei aufmerksam lauschten und sich der Bedeutung ihrer Erwählung bewusst wurden: „Tacitus Twiggs, Hazy McMazy und Foggy Bog. Wir haben euch nicht ohne Grund für diese Aufgabe ausgewählt. Schaut auf den Kandelaber hier!“
Er deutete auf den großen Kerzenleuchter, der von der Decke hing. Erst jetzt fiel den dreien auf, dass im Raum unzählige Kerzenleuchter und Lichter herumstanden und ihn mit ihren bunten Kerzen in geheimnisvolles Licht tauchten. Vor den kleinen Fenstern waren schwere Vorhänge fest zugezogen und sperrten das Tageslicht aus.
Während die Geisterschüler die Köpfe nach dem Leuchter reckten, fuhr der Direktor fort: „Vier Arme hat dieser Kandelaber. Vier Arme für die vier Elemente, für die vier Geschlechter der Luft-, Erd-, Wasser- und Windgeister, denen auch eure Familien entstammen. Du, Hazy, bist ein wilder schottischer Poltergeist.“
„Ja, klar!“, rief sie und hüpfte kurz vom Sofa auf. „Aber das weiß ich doch längst!“
Professor Wises Blick bedeutete ihr, besser zu schweigen. „Du, Foggy Bog, wurdest von deinen Eltern aus den Sümpfen Nordenglands zu uns geschickt. Und du, Tacitus Twiggs, stammst aus einem alten Hausgeistergeschlecht in Glastonbury.“

Das waren wahrlich keine Neuigkeiten. Wieso spannte Sophisticus Wise sie derart auf die Folter? Während der Direktor eine weitere gewichtige Sprechpause einlegte, versuchten die drei von Professorin Flasks Gesicht abzulesen, was nun folgen würde.

Ihre Lehrerin für Flaschengeisterei und Transportzauber lächelte in die Runde und fuhr sich durchs Haar. „Vier Arme des Leuchters, vier Elemente, vier Geschlechter, zig Familien, hunderte Schüler an unserer Akademie. Wieso haben wir also euch und nicht ein paar Feen- oder Luftgeister, Irrwische, Dschinns, Berg- oder Feuergeister ausgewählt?", begann Professorin Flask.

Andächtiges Schweigen erfüllte den Raum.

Grinsend erhob sich die Professorin aus ihrem Sessel und fügte hinzu: „Bestimmt nicht, weil ihr die Schlausten seid. Und perfekt seid ihr schon gar nicht." Sie kicherte. Es bereitete ihr sichtlich Freude zu sehen, wie sich die Gesichtszüge der Geisterschüler mürrisch verzogen. „Hätten wir echte Draufgänger gesucht", fuhr sie fort, „so hätten wir Roger Ghastly und seine Freunde vorziehen müssen."

„Roger Ghastly, bah! Dieser Blödmann", fauchte Hazy dazwischen.

Professor Wise schmunzelte und streckte die Beine gemütlich aus. Ihm schien der Vortrag seiner Kollegin zu gefallen.

„Beruhig dich, Hazy", mahnte Professorin Flask. „Wir haben Roger Ghastly ja eben nicht ausgewählt, sondern euch. Könnt ihr euch vorstellen, warum?"

„Das müssen Sie doch wissen", platzte Foggy heraus.

„Exakt, mein Lieber“, trällerte die Geisterlehrerin, ging vor einem großen Wandspiegel auf und ab und erklärte: „Ihr braucht euch nur anzuschauen, wie ihr dahockt. Seht nur!“ Sie huschte mit ihrer Hand über das Spiegelbild, als wollte sie jedem einzelnen der Geisterkinder aufmunternd durchs Haar streichen. Kurz darauf hatte sie ein Einsehen und unterbrach das ratlose Schweigen: „Für uns seid ihr ein tolles Team! Eine wunderbare Mischung! Man nehme deine Leichtfüßigkeit und Polterei, Hazy, ergänze Foggys Mut und füge schließlich deine planvolle Art hinzu, Tacitus. Fertig ist die Gruppe, auf die wir uns verlassen möchten.“

Und noch ehe die drei etwas entgegnen konnten, erhob sich auch Professor Wise aus seinem Sessel und stellte sich neben seine Kollegin, umrahmt von hunderten bunter Kerzenlichter, die sich im Hintergrund spiegelten.

„Drei Jahre habt ihr fleißig gelernt. Ihr beherrscht die Grundlagen der Poltergeisterei und des Täuschungsspuks, habt etwas über Putzteufelei und Spukgeschichte erfahren, und auch die Flaschengeisterei ist euch nicht unbekannt. Daher glauben wir, dass ihr für diese Aufgabe gewappnet seid. Wisst ihr, zumeist kümmern wir Geister uns in unserer Welt nur um unseresgleichen. Aber ab und an wird es notwendig, in die Welt der Menschen zu reisen. Weil unsere Welt von ihnen bedroht wird, weil sie unsere Hilfe benötigen oder aus anderen Gründen. Und dazu braucht man besondere Fähigkeiten. Deshalb haben wir das Ghostkids-Programm ins Leben gerufen und bilden alle paar Jahre Schülerinnen und Schüler unserer Akademie zu Ghostkids aus.“

Natürlich! Davon hatten die drei im Unterricht schon gehört. Einige wichtige Missionen von früheren Ghostkids hatten sie dabei besprochen. Worum es wohl in ihrem Fall gehen mochte?

„Ihr werdet als Erstes den Transporterführerschein erwerben, um überhaupt in die Menschenwelt aufbrechen zu können", ergänzte der Direktor.

„Ach, deshalb sind wir in Ihrem Büro", rief Tacitus und schaute seine Lehrerin an.

„Aber ja, mein Lieber", antwortete diese genüsslich.

„Anschließend werdet ihr zu den Menschen reisen und euch dort einen kleinen Spaß erlauben", fuhr Sophisticus Wise fort.

„Oh ja, einen Spaß. Ein bisschen Schabernack muss sein!", jubelte Hazy dazwischen.

„Worum geht es denn dabei? Was für ein Spaß soll das werden?", erkundigte sich Foggy skeptisch.

Triumphierend zog der Direktor eine Karte aus der Innentasche seiner Robe und hielt sie ihnen für einen Augenblick unter ihre Nasen, ohne dass sie erkennen konnten, was darauf geschrieben stand.

„Ich habe hier eine Einladung zu einer Geburtstagsfeier", begann Professor Wise. „Es ist eine ganz besondere Geburtstagsfeier in London. Wie Professorin Flask und ich in den Besitz der Karte gelangt sind, ist dabei unerheblich."

„Ui, London!", platzte Hazy dazwischen. „Und wir sind eingeladen?"

„Papperlapapp!", funkte Foggy dazwischen. „Sind wir mit Sicherheit nicht. Wenn es eine Party für Geister wäre, hätte

Professor Wise wohl kaum gesagt, dass wir zu den Menschen reisen sollen." Ärgerlich wandte sich Hazy von Foggy ab. Nur gut, dass Tacitus zwischen ihr und diesem muffigen Sumpfgeist hockte, fand sie.

„Nun, eine Geisterparty ist es schon", fuhr der Direktor fort. „Allerdings für Menschen." Dann nahm er die Einladungskarte und las den Text sorgsam vor:

EINLADUNG ZU MEINER
GEBURTSTAGS-GEISTERPARTY
AN HALLOWEEN

LIEBER CHRISTOPHER!

ZU MEINER GEBURTSTAGSFEIER AM FREITAG, DEN 31. OKTOBER, MÖCHTE ICH DICH HERZLICH EINLADEN. MEINEN 12. GEBURTSTAG FEIERN WIR NICHT BEI MIR ZU HAUSE, SONDERN IM HAUS MEINES GRANDPAS AN DER THEMSE.
LOS GEHT'S UM 18 UHR.
BITTE KOMM VERKLEIDET – ES IST JA HALLOWEEN.
ES GIBT EINEN KOSTÜMWETTBEWERB. UND SPÄTER ERSCHRECKEN WIR NOCH DIE NACHBARSCHAFT.

ICH FREUE MICH AUF DICH!
DEIN MICHAEL

„Christopher? Michael? Geisterparty?", murmelte Tacitus.
„Kostümwettbewerb?", rief Foggy unschlüssig.
„Mir scheint, ihr wisst noch nicht viel darüber, was die Menschen von uns Geistern denken und was sie alles an Geisterunsinn verzapfen", meinte Professor Wise. „Aber das erklären wir euch in aller Ruhe. Sicher ist, dass ihr auf solch einer Party bestimmt prima herumgeistern könnt."
Die drei nickten eifrig angesichts dieser aufregenden Aussicht.
„Aber zunächst einmal müsst ihr überhaupt in der Lage sein, auf diese Feier zu gelangen." Der Direktor zwinkerte seiner Kollegin kurz zu, und Insomnia Flask ergänzte strahlend: „Genau! Und da habt ihr noch eine ganze Menge über unsere Transporter zu lernen. Und die grundlegenden Geisterregeln muss ich bei euch auch überprüfen, bevor wir euch ziehen lassen können. Also, auf ans Werk!"

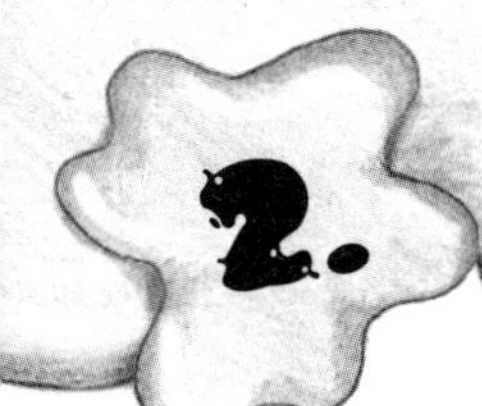

2. Ärger in Greenwich

Rasant bog Michael mit seinem BMX-Rad in die Einfahrt von Nr. 22 in der Cherry Tree Lane in Greenwich ein und bremste scharf. Mit einem Satz sprang er vom Rad und lehnte es eilig gegen die Hauswand gleich neben dem Küchenfenster, durch das seine Mutter seine Ankunft erstaunt beobachtete. Der Schlüssel drehte sich im Schloss und Michael stampfte ärgerlich durch den Flur und in die Küche. Dort polterte er sofort los, während seine Mutter ihm einen fragenden Blick zuwarf.
„Mummy, ich glaube, hier gibt es Hexen. Ich bin stinksauer! Was für ein Mist!"
„Michael, beruhige dich. Was ist denn geschehen?", erkundigte sich Mrs Doodle und ging mit offenen Armen auf ihren Sohn zu. Der wich zurück, hockte sich an den Küchentisch und rief: „Ich möchte nicht in den Arm genommen werden. Das weißt du doch. Ich bin kein Kind mehr, schließlich werde ich nächste Woche zwölf!"
„Ich weiß, ich weiß. Verrätst du mir denn nun, was dich so fuchsteufelswild macht?", erwiderte seine Mutter und setzte sich an Michaels Seite.
„Na, meine Geburtstagsfeier!"
„Deine Geburtstagsfeier?" Ratlos blickte Mrs Doodle ihn an.
„Die ist doch schon nächsten Freitag. Und heute wollte ich meine Einladungen in der Schule verteilen. Und was soll ich dir sagen, bis auf eine waren alle weg. Futsch! Verloren, weggehext, was weiß ich!"

„Ach, Michael, sie werden dir aus dem Rucksack gerutscht sein. Vielleicht war ein Reißverschluss offen. Das ist doch kein Beinbruch.“

„Das ist aber total blöd, außerdem war kein Reißverschluss offen!“ Wie zum Beweis deutete er auf seinen Rucksack, den er beim Hereinkommen unter den Küchentisch gepfeffert hatte.

„Und ich habe mir so viel Mühe mit den Karten gegeben, alles ordentlich geschrieben und noch überall Kürbisse und Gespenster draufgemalt. Sam hab ich seine Karte gegeben. Und die anderen muss ich jetzt neu schreiben. Dabei ist gleich mein Fußballtraining, und ..."

„Und Schluss jetzt", fuhr seine Mutter dazwischen. „Weißt du, Michael", begann Mrs Doodle jetzt sanfter, „so ein Trara brauchst du deswegen trotzdem nicht zu machen. Du räumst jetzt deine Schulsachen an ihren Platz, machst dich fürs Training fertig, und heute Abend helfen Sue und ich dir mit den Karten."

Michael nickte, und als er so über den Vorschlag nachdachte, fand er ihn gar nicht übel. Seine zehnjährige Schwester Sue malte sowieso besser als er und schreiben konnte sie auch sehr ordentlich.

„Danke, Mummy. Das ist eine super Idee!", antwortete er.

Und dann ging er zum Kühlschrank, schenkte sich ein großes Glas Orangensaft ein, leerte es in einem Zug, schnappte sich seinen Rucksack und eilte schnurstracks in sein Zimmer hinauf.

Draußen lief Sue aufs Haus zu und Mrs Doodle dachte bei sich: *Hoffentlich hat Sue bessere Laune! Sonst wird es hier lustig.*

3. Viele Transporter und ein Besucher

Professor Wise verabschiedete sich und überließ Tacitus, Hazy und Foggy nun seiner Kollegin. Insomnia Flask war eine schlanke, hochgewachsene Person. Ihr Gesicht war blässlich, da sie die Sonne mied, seit sie während ihrer Ausbildung als Flaschengeist in Indien einen fürchterlichen Sonnenbrand erlitten hatte. Deshalb sperrte sie die Sonne aus, so gut sie konnte, und besaß vor den Fenstern ihrer Privatgemächer die dicksten Vorhänge, die man in der Geisterakademie finden konnte.

Tacitus war fasziniert von den Unmengen an Kerzen und ließ neugierig seine Blicke durch den Raum schweifen.

„Dann wollen wir am besten gleich mit der Arbeit beginnen, meine Lieben", trällerte Professorin Flask und begab sich hektisch zu ihrem Schreibtisch, der ein paar Meter neben dem Wandspiegel stand. Bisher hatten die Geisterschüler das Möbelstück gar nicht beachtet und selbst wenn, sie hätten es gewiss nicht als Schreibtisch identifiziert. Denn auf der Tischplatte befand sich ein solcher Wirrwarr sonderbarer Gefäße und Stoffe, dass es auch der Eingang zu einem Flohmarkt hätte sein können.

„Kommt nur, kommt her!", forderte Mrs Flask ihre Schüler auf, sich vom großen Plüschsofa zu erheben. Sie zog einen bunten Flickenteppich aus dem Durcheinander auf ihrem Schreibtisch und rollte ihn flink davor aus. Dann hockte sie sich auf den Teppich und wies die drei an, sich zu ihr zu begeben.

„Wisst ihr, worauf ihr gerade Platz genommen habt?“, fragte sie mit leuchtenden Augen.

„Auf einer unbequemen, kunterbunten Decke“, antwortete Foggy, der das weiche Sofa bereits vermisste.

„Schnickschnack, dummes Zeug!“, lachte Mrs Flask. „Denkt nach!“

„Der Stoff fühlt sich irgendwie ...", begann Hazy und strich über die robuste Oberfläche des Gewebes, „hart und besonders an."
„Oh ja, mein liebes Kind! Besonders, besonders, das kann man mit Recht behaupten."
Sie wandte sich an Tacitus: „Und was denkst du?"
Tacitus hatte den fremden Raum inzwischen gründlich betrachtet und antwortete: „Auf dem Tisch vor uns und den Regalen sind hunderte von großen und kleinen Flaschen und Behältern verstreut. Außerdem erkenne ich an den Wänden alle möglichen Wasserhähne, ohne dass es hier ein Waschbecken gäbe."
Foggy und Hazy warfen ihm verdutzte Blicke zu. Was redete Tacitus da?
„Und weil ich annehme, dass dieser Teppich genau wie die Flaschen und Wasserleitungen etwas mit Ihrem Unterricht zu tun hat, denke ich, dass wir auf einem speziellen Transporter sitzen."
„Bravo! Bravo, mein Lieber!" Insomnia Flask sprang auf und drehte sich mit weit geöffneten Armen im Kreis, während sie begeistert erklärte: „All die Objekte, die ihr hier seht – und ihr seht wirklich nicht alles, was es sonst noch gibt – sind Dinge, mit deren Hilfe wir in die Menschenwelt reisen können."
„Eben Transporter!", rief Tacitus dazwischen.
„Alter Streber", frotzelte Hazy.
„Ruhe, Hazy", forderte Mrs Flask und fuhr fort: „Flaschen jeglicher Art, bunte, durchsichtige, gläserne und getöpferte Gefäße, Behälter aus Metall, Flakons. Ich habe hier alles für

eine sichere Reise. Dort hinten findet ihr noch Wäsche- und Waffentruhen. Für jeden Zweck haben wir den passenden Transporter. Und natürlich dürfen Wasserleitungen nicht fehlen, auch wenn diese ... Na, wer hat gut aufgepasst im Unterricht?"

Wieder meldete sich Tacitus: „... nur im Notfall benutzt werden sollen." Insomnia Flask nickte freudig.

Er ist ein Streber, dachte Hazy, während Foggy Tacitus einen anerkennenden Blick zuwarf.

„Und dieses wundervolle Stück Stoff unter euren vier Buchstaben ist ein ganz fantastischer Transporter. Allerdings dürft ihr ihn noch nicht selbst benutzen, denn er funktioniert anders als alle übrigen. Es ist ein echter fliegender Teppich, den ich einst auf einem Geistermarkt in Indien ergattert habe."

Und jetzt geht auf eure Zimmer, packt eure Schulsachen wieder aus und wiederholt die Grundregeln der Transporterkunde. Euer Unterricht beginnt morgen früh um neun. Wir treffen uns im Park vor der Akademie. Und dann geht es runter zum Fluss. Ihr dürft gespannt sein!"

Die drei erhoben sich und machten sich auf den Weg in den Gebäudeflügel, in dem die Schülerzimmer lagen.

Sie kamen zum Trakt mit den Jungenzimmern.

„Ich komme mit zu euch", verkündete Hazy.

Foggy durchzuckte es, auch Tacitus stutzte.

„Was soll ich ganz allein im Mädchentrakt? Dort ist doch alles geisterleer und öde", gab Hazy zurück und bog mit ihnen in den Jungenflur ab.

„Bei dir piept's wohl", raunzte Foggy sie an. „Du kannst höchstens ins Nachbarzimmer, aber nicht zu uns! Unser Zimmer bleibt ein Jungenzimmer, und wenn dort jemand hineingehört, dann …"

„… dann ich!", rief eine Stimme dazwischen. Und aus einer Fensternische trat zu ihrer großen Überraschung Billy Breeze hervor und versperrte den Zugang zu ihrer Zimmertür.

„Billy, du hier!", kreischte Foggy begeistert.

„Pst!" Billy legte den Zeigefinger auf seine Lippen.

„Ich habe mich hier versteckt, weil ich wissen wollte, wieso ihr hiergeblieben seid. Gedacht hatte ich es mir schon, als ihr zum Direktor gerufen wurdet. Gebt es zu, ihr sollt die neuen Ghostkids werden."

Foggy und Tacitus nickten verschämt, während Hazy kämpferisch die Arme in die Hüften stemmte und erwiderte: „Es wird schon einen Grund geben, weshalb man uns ausgesucht hat."

Bevor weiterer Lärm ausbrach, schob Tacitus die anderen ins Zimmer und schloss die Tür. „Lasst uns reden!", begann er.

Im Zimmer flogen eine Weile die Fetzen, doch in der leeren Akademie schien der Lärm niemanden zu stören. Irgendwann versuchten Foggy und Tacitus dann ihren Freund Billy zu überzeugen, sich still und leise davonzuschleichen und nach Hause zu laufen.

„Wir werden dir alles erzählen. Auch unsere Aufzeichnungen über die Transporter und was wir sonst noch lernen kannst du später abschreiben“, versprach Tacitus.
„Blablabla!“, motzte Billy zurück. „Als ob das dasselbe wäre. Ich will auch ein Ghostkid werden. Aber ich hab's gecheckt. Ich hau jetzt ab und mache mir schöne Ferien. Aber ihr könnt euch sicher sein, dass ich einen Weg finde, euch zu beobachten. Ich bin ja kein Volltrottel!“
„Bist du wirklich nicht, Billy“, sagte Tacitus, der die Wut seines Freundes gut verstehen konnte. „Und wenn du als Windgeist keinen Weg findest, uns zwischen den Beinen herumzuwehen, dann weiß ich's auch nicht!“
Sie lachten. Nur Hazy blieb schmallippig und fragte: „Und? Was ist jetzt mit mir?“
Billy wandte sich ihr zu und erklärte ruppig: „Von mir aus kannst du mein Bett haben. Foggy und Tacitus werden sich bestimmt an deinem Geplapper erfreuen. Viel Vergnügen!“
Und im Handumdrehen huschte er davon und verschwand aus ihrem Blickfeld.
„Also gut“, fand sich Tacitus als Erster mit der Situation zurecht. „Dann rücken wir Billys Bett neben den Schrank unters Fenster. Das ist weit genug von unserem Stockbett entfernt.“
„Und du guckst nachts nicht zu uns rüber. Und du gehst nicht aufs Jungenklo!“, legte Foggy fest.
Hazy nickte. Was die Jungen immer hatten!
Der Tag ging zu Ende. Angesichts des Abenteuers, das vor ihnen lag, fiel es den drei Geistern schwer, zur Ruhe zu kommen. Irgendwann sanken sie dann aber doch in einen tiefen Schlaf …

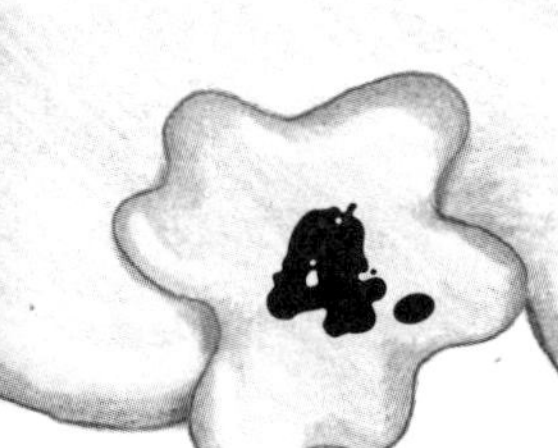

4. Erste Tests und Goldene Regeln

Pünktlich um neun in der Früh erwartete Professorin Flask die drei im Park vor der Akademie. Sie stolzierte bereits unruhig auf und ab und winkte ihre Schüler stürmisch herbei, als sie ins Freie traten.

„Guten Morgen, meine Lieben. Ich habe schon alles für die erste Übung vorbereitet“, lachte sie und deutete auf verschiedene bunte Flaschen, die vor ihr im Gras aufgereiht waren.

Grinsend gaben die drei ein nuscheliges „Guten Morgen, Professorin Flask!“ zurück.

Nicht die in der Morgensonne leuchtenden Glasbehälter sorgten für ihre Heiterkeit, sondern Insomnia Flasks schriller Aufzug. Für einen Herbsttag war es noch angenehm warm, sodass ihre Lehrerin die schwere und unbequeme Professorenrobe gegen einen knallig gemusterten Sari ausgetauscht hatte. Allerdings schien sie gleich einen halben Stoffballen um ihren schlanken Körper gewickelt zu haben. So wirkte sie ungewohnt unförmig und zog noch dazu eine lange Schleppe hinter sich durchs Gras. Getoppt wurde alles durch die monströse Sonnenbrille, hinter der sie ihr Gesicht verbarg. Und auf ihrem Kopf steckte ein Basthut mit ausladender Krempe. Welch ein Anblick!

„Man erkennt sie nur noch an ihrer Stimme“, kicherte Hazy leise. „Sie sieht aus wie eine indische Vogelscheuche.“

Tacitus stupste sie kurz an, damit Hazy aufhörte. Doch auch er war von Insomnia Flasks Kostümierung sichtlich überrascht.

Ihre Lehrerin griff nach einer schlichten, dickbauchigen Flasche und hielt sie den dreien unter die Nase.
„Wir fangen mit einer Übung für Einsteiger an. Was fällt euch zu dieser Flasche ein?“, begann sie den Unterricht.
„Na, das ist natürlich einer Ihrer Transporter“, antwortete Foggy stolz.
„Gewiss, lieber Foggy, gewiss. Und sonst?“
Foggy runzelte die Stirn.
„Es ist ein kleines Gefäß. Vielleicht ist es auch gar kein richtiger Transporter, nur etwas zum Üben“, meinte Tacitus.
Er schien den Nagel auf den Kopf getroffen zu haben.
„Exakt, exakt“, flötete Insomnia Flask begeistert. „Zwar gibt es auch Transporter in dieser Größe, aber diese Flasche ist ein Simulator. Ihr probiert damit lediglich, wie es sich in einem Transporter während der Reise anfühlt. Aber ihr gelangt nicht wirklich an einen anderen Ort.“
„Das heißt, wir sollen uns da hineinquetschen?“, fragte Hazy besorgt und blickte irritiert auf die Flasche.
„Und ob, meine Liebe“, antwortete ihre Lehrerin und deutete auf das schäumende Wasser des Flusses hinter sich. „Wir Geister können doch problemlos ein wenig schrumpfen. Und dann geht es auf große Fahrt. Jeder dreht eine Runde bis zur Wassermühle dahinten!“
„Ach du Schreck“, durchfuhr es Hazy.
Und Foggy erkundigte sich besorgt: „Muss ich etwa ganz allein in der Flasche durch den Fluss schaukeln?“
„Im Simulator, mein Lieber, im Simulator. Und die Antwort lautet: Ja!“ Foggy verzog das Gesicht.

„Und wenn ihr das geschafft habt, macht ihr den nächsten Schritt", fügte Insomnia Flask geheimnisvoll hinzu. „Doch genug geplaudert. Los geht's. Tacitus, du beginnst!"
Obwohl die Flasche einen weiten Hals hatte, war es für Tacitus nicht leicht, in ihr Inneres zu gelangen. Er war sportlich, aber eben kein Flaschengeist. Mit aller Anstrengung zog er seinen Körper zusammen, hielt die Luft an und atmete erst wieder aus, als er irgendwie in den Bauch des Gefäßes gerutscht war. Schweißperlen standen auf seiner Stirn, und Platzangst verspürte er ebenfalls. Professorin Flask legte ja gleich ziemlich schlimm los! Doch es blieb ihm keine Zeit, weiter über seine Lage nachzudenken.
„Hazy, Foggy, versiegelt den Transporter. Zack, zack!", vernahm er die schrille Stimme seiner Lehrerin. Foggy hob die Flasche in die Höhe und beäugte sie fasziniert. „Wie winzig du bist, Tacitus!", staunte er.
„Quatsch nicht rum, Foggy", unterbrach ihn Hazy und verschloss den Flaschenhals mit einem Korken. Unter den gespannten Blicken ihrer Lehrerin ließen Hazy und Foggy die Flasche vorsichtig ins Wasser und beobachteten, was geschah.
Die Strömung riss den Transportersimulator mit sich. Mal erblickten sie nur den Hals oder Bauch der Flasche, mal tanzte das Gefäß für einen Moment an der Wasseroberfläche.
„Oh weh, ich mag gar nicht hingucken", stöhnte Foggy, als die Flasche in einiger Entfernung von den Schaufeln des Wassermühlrades in die Höhe befördert und anschließend zurück ins Wasser des Flusses gespuckt wurde.
„Los, ihr zwei! Holt euren Freund!", rief Insomnia Flask.

Foggy und Hazy eilten zur Wassermühle, zogen die Flasche wieder an Land und öffneten sie.

„Bah! Ist mir schlecht!", jammerte Tacitus, als er sich aus dem Behälter befreit hatte. „Das war ja schlimmer als jedes Karussell! Furchtbar!"

„So geht es jedem beim ersten Test", beruhigte ihn Professorin Flask. „Ihr kennt alles bisher nur aus Schulbüchern. Nun dürft ihr es selbst ausprobieren. Vergesst nicht, das ist eine Auszeichnung! Und keine Sorge, die Übelkeit vergeht mit der Zeit! Leg dich am besten ins Gras und sieh den anderen beim Training zu." Nichts tat Tacitus lieber.

Hazy war als Nächste an der Reihe.

Professorin Flask und Foggy ließen den Simulator vorsichtig zu Wasser und befreiten das Geistermädchen später wieder aus dem sprudelnden Fluss an der Mühle. Hazy war speiübel, und ihr Körper hatte sich blassgrün verfärbt. Sogar die Sprache hatte es ihr verschlagen, was schon etwas heißen will!

Foggy überstand die Prüfung besser als erwartet.

„Du durftest ja auch zwei Mal zuschauen und konntest dich besser vorbereiten", meckerte Hazy missgünstig, als er wieder an Land war. Doch Foggy grinste nur breit und zufrieden zurück und erwiderte: „Weißt du, Hazy, du musst mich mal bei Sturm zu Hause in meinem Sumpf besuchen. Da brodelt und schaukelt es genauso wie in der Flasche im Fluss."

Dich besuche ich sicher nicht, dachte Hazy und wandte sich Professorin Flask zu: „Frau Professorin, was steht als zweite Übung an? Mir geht es schon viel besser."

Ihre Lehrerin führte sie geheimnisvoll zurück zu den übrigen Glasflaschen auf dem Rasen.

„Jetzt wird es ernst", begann Insomnia Flask und hob belehrend den Zeigefinger ihrer rechten Hand. „Nach eurem Test im Simulator werdet ihr nun das erste Mal wirklich mit einem Transporter den Ort wechseln. Allerdings bleibt ihr dabei noch innerhalb der Mauern unserer Akademie." Sie wählte drei sehr unterschiedliche Flaschen aus.

„Ihr reist zeitgleich, aber getrennt voneinander. Du nimmst den gelben Transporter, Tacitus, du den roten, Hazy, und du den braunen, Foggy." Sie reichte den Geisterschülern ihre Flaschen.

„Und wie funktioniert das Ganze diesmal? Wo sollen wir denn hinreisen ... und vor allem, wie?", erkundigte sich Hazy aufgeregt.

„Anders als im Simulator reist ihr nicht nur im Inneren des Gefäßes, das ich jedem von euch gegeben habe. Ich hoffe, das wisst ihr noch aus dem Unterricht", begann ihre Lehrerin. „Zu jedem Transporter gibt es ein passendes Gegenstück, im Idealfall seine exakte Kopie."

Die drei nickten wissend. „Also habe ich an unterschiedlichen Orten eure Zielgefäße aufgestellt. Hazy, du sollst in meinem Büro landen. Du, Tacitus, in der Bibliothek. Und für dich Foggy, geht die Reise in die Küche."

Professorin Flask weihte sie weiter in die Geheimnisse der Transportertechnik ein. Es klang ganz simpel. Hatte ein Geist seinen Platz in einem Transporter eingenommen und war dieser geschlossen, so musste er sich auf seinen Zielort konzentrieren und im Moment höchster Anspannung die Formel zum Abflug murmeln. Für jedes Ziel und jeden Transporter gab es unterschiedliche Codes. Und bevor es losging, sprach die Dozentin jedem ihrer Geisterschüler den Spruch mehrmals sorgsam vor.

Dann gab sie das Kommando: „Drei, zwei, eins ... Abflug!" Mit einem „Woosh" beschlugen die drei Flaschen von innen und von Hazy, Foggy und Tacitus fehlte jede Spur.

Professorin Flask rieb sich glücklich die Hände und lief zum Eingang der Akademie. *Diese drei sind wirklich talentiert,* dachte sie. *Sophisticus Wise und ich haben uns für die richtigen Kandidaten entschieden!*

Und wirklich, alle drei erreichten ihre Zielorte, zumindest mehr oder weniger: Foggy landete in einem Senftopf und Hazy in einer Blumenvase. Die beiden hatten ihre Flaschen knapp verfehlt. Als Insomnia Flask die Geisterschüler wieder auf dem geheimnisvollen Flickenteppich vor ihrem Schreibtisch versammelt hatte, erklärte sie: „Ihr habt es wirklich gut gemacht. Aber für euren ersten richtigen Auftrag reist ihr gemeinsam mit diesem Transporter."

Sie deutete auf eine der wuchtigen Holztruhen, die am anderen Ende des Raumes lagerten. „Seht, euer Transporter nach Greenwich steht schon bereit. Er ist wie gemacht für eine Reise zu dritt."

Die Tage vergingen, und die Geisterschüler hatten noch jede Menge schwieriger Aufgaben zu bewältigen. Sie wandelten durch die Kanalisation, betraten Gebäude durch Wände, ließen Dinge schweben und verschwinden. Und immer wieder mussten sie in Professorin Flasks Transportergefäßen kleine Reisen unternehmen. Doch eine Frage blieb: „Werden wir es auch so einfach schaffen, in die Menschenwelt zu gelangen?", sprach Tacitus seine Sorge aus.

„Vertraut mir nur! All unsere Übungen bereiten euch perfekt vor. Und wir wissen, dass in Greenwich das exakte Gegenstück zu der Transportertruhe steht. Glaub mir, mein Lieber, es kann nichts schiefgehen!", beruhigte seine Lehrerin ihn.

Das klang nicht schlecht, doch ein mulmiges Gefühl blieb, fand Tacitus. Hazy und Foggy schienen nicht ganz so besorgt. Sie stürzten sich begeistert auf jede neue Aufgabe, die Professorin Flask ihnen stellte. Selbst enge Transporterflaschen machten den Geisterschülern inzwischen nichts mehr aus.

Endlich war es so weit! Der große Tag war gekommen, in wenigen Stunden begann in Greenwich die besagte Party.

Nervös betraten Tacitus, Hazy und Foggy Professorin Flasks Gemächer. Ihre Lehrerin begrüßte sie und wies sie an, erneut auf dem wuchtigen Plüschsofa Platz zu nehmen. Diesmal befand sich außer ihrem Direktor und Insomnia Flask noch ein weiterer Lehrer im Raum.

„Professor Swindle!", entfuhr es Foggy. „Sie sind auch hier?"

„Wie du siehst, Foggy", antwortete der Lehrer für Poltergeisterei und Täuschungsspuk mit strenger Miene. „Ich bin hier, um euch die grundlegenden Geisterregeln abzufragen. Hoffentlich habt ihr euch gut vorbereitet!"

Mit verschränkten Armen stand er gut einen Meter vor ihnen und sah den drei Geisterschülern mit prüfendem Blick in die Augen. Um sie herum flackerten die Kerzen, und vor ihren Augen drehte sich die Welt vor lauter Anspannung. Wenn ihnen so kurz vor der Abreise nur nicht die Nerven durchgingen!

Aetherius Swindle fragte sie abwechselnd das gesamte Geisterschüler-Abc ab. Hazy, Tacitus und Foggy schlugen sich wacker. Und ihre Anspannung löste sich, als sie zu guter Letzt die Goldenen Regeln der Geisterakademie aufsagen sollten. Die beherrschten sie wirklich im Schlaf:

WIR GEISTER VERGESSEN NIE, WAS UNSERE WURZELN SIND.

MENSCHEN BEGEGNEN WIR MIT VORSICHT.

**WIR FREUNDEN UNS NICHT MIT IHNEN AN
UND DÜRFEN NICHTS ANNEHMEN, WAS SIE GEMACHT HABEN.**

**WER DIESE REGELN MISSACHTET,
WIRD DEN MENSCHEN DIENEN MÜSSEN.**

5. Ein kleines Geisterhaus

Grandpas Häuschen am Themseufer hatte sich in ein herrliches kleines Geisterhaus verwandelt, fand Michael. Zufrieden blickte er auf die Kürbis- und Gespenstergirlanden, die er mit seiner Mum an der Wohnzimmerdecke befestigt hatte. Und da hier nur noch selten geputzt wurde, hingen in den Ecken fette Spinnweben. Klasse!

Michael pustete bunte Luftballons auf, auf denen Vampire, Fledermäuse und Kürbisgrimassen prangten, und verteilte sie im Raum.

„Mum, kannst du bitte den Kamin anzünden?", fragte er.

Seine Mutter kam herbei und sagte: „Kein Problem. Hilf du bitte deiner Schwester in der Küche bei den Vorbereitungen. Bald kommen schon deine Gäste."

„Alles klar", antwortete Michael und staunte nicht schlecht, als er sah, was Sue in der Küche begonnen hatte. Auf einem Teller lagen halbierte Würstchen, in deren Enden geschälte Mandeln steckten.

„Die sehen aus wie abgehackte Zeigefinger", meinte er. „Es fehlt nur noch ein bisschen Blut." Michael griff zur Ketchupflasche und verzierte die Würstchenfinger nach seinem Geschmack.

„Das reicht, Michael. Die sehen schrecklich genug aus", unterbrach ihn Sue.

„Mir gefällt das. Es soll ein gruseliges Büfett für meine Party werden."

Michael und Sue kicherten und überlegten, was sie als Nächstes zubereiten sollten. Vor ihnen lagen jede Menge Zutaten auf dem Tisch.
Ihre Mutter hatte sie direkt nach der Schule abgeholt und war mit ihnen zu Grandpas Häuschen gefahren, den Kofferraum voller Köstlichkeiten und Dekorationsartikeln. Seitdem waren sie eifrig dabei, die Party vorzubereiten.

Es klingelte.
„Mensch, Sam. Du bist viel zu früh!“, begrüßte Michael seinen besten Freund, der mit einer großen Tüte vor der Tür wartete.
„Mir war langweilig zu Hause. Da hab ich mein Kostüm geschnappt und bin hergekommen.“
„Das ist gar nicht so schlecht. Komm rein, Sam!“, rief Sue aus der Küche. „Du kannst mit Michael Käsesandwiches machen und die Eier verzieren.“ Sam folgte seinem Freund in die Küche.
„Hallo, Sam.“ Mrs Doodle trat hinzu und stellte einen Geburtstagskuchen in die Mitte des Büfetts. Es war eine kreischend orangefarbene Torte mit einer Kürbisfratze und zwölf Geburtstagskerzen darauf. Fantastisch!
„Ich musste noch schnell meine Geburtstagsüberraschung aus dem Keller holen.“
„Hallo, Mrs Doodle. Die sieht ja toll aus!“
Michael umarmte seine Mum und jubelte: „Die Torte ist super! Danke, Mum!“

„So. Jetzt können die übrigen Gäste kommen", stellten die Kinder etwas später glücklich fest.
„Stimmt", antwortete Mrs Doodle. „Aber ihr solltet noch eure Kostüme anziehen. Hast du nicht zu einer Geisterparty eingeladen?"
„Die Kostüme!", lachte Michael los. „Die hätten wir vor lauter Vorbereitungen fast vergessen."
„Ihr verkleidet euch und ich hole rasch Daddy von zu Hause ab. Er ist gerade aus dem Büro gekommen. Ich bin sofort zurück", sagte Mrs Doodle und machte sich auf den Weg zu ihrem Wagen. Michael und Sue begleiteten sie.
„Deine restlichen Gäste dürften in spätestens einer halben Stunde vor der Tür stehen. Also, beeilt euch! Falls ihr ein Problem bekommt, erreicht ihr mich auf dem Handy."
„Ach, Mum. Was soll in der kurzen Zeit schon passieren? Wir sind zu dritt. Und ich bin jetzt zwölf Jahre alt und kein kleines Kind mehr", antwortete Michael.
„In Ordnung. Ich beeile mich, bis gleich."
Die Autotür wurde zugezogen, der Motor startete und im nächsten Moment war Mrs Doodle verschwunden.
„Los, schnell wieder ins Haus!" Michael griff seine Schwester am Arm und sie eilten in Grandpas Häuschen. Voller Vorfreude schnappten sie sich die Taschen mit ihren Kostümen und zogen sich um. Sam war bereits dabei, sich in einen Magier zu verwandeln.

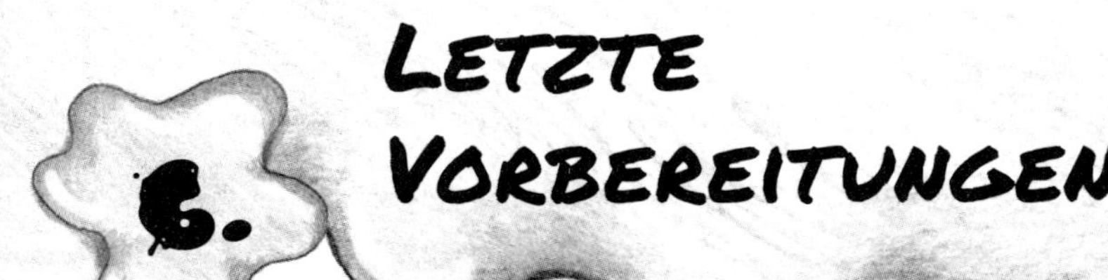

6. Letzte Vorbereitungen

„Ich glaube, wir können es mit euch versuchen“, stellte Professor Swindle fest und gab ihnen einen Wink. Sie folgten ihm zu Professorin Flasks Schreibtisch. Der wirkte überraschend aufgeräumt, sodass Aetherius Swindle ohne Schwierigkeiten eine große Karte von Greenwich darauf ausrollen konnte.

„Schaut her“, begann er. Sein rechter Zeigefinger fuhr über die Karte, ehe er an einer kleinen Straße am Greenwich Park verharrte. „Cherry Tree Lane. In Nummer 22 leben die Doodles. Michael, seine Eltern und seine jüngere Schwester Sue. Michaels komische Geisterparty findet allerdings hier statt.“ Wieder rutschte sein Finger über die Karte, hinunter zur Themse und ein Stück nach Osten.

„Hier liegt das alte Häuschen, in dem Michaels Grandpa bis vor ein paar Monaten wohnte. Inzwischen lebt er im Altenheim und die Doodles fahren nur in ihrer Freizeit dorthin. Oder um Geburtstag zu feiern. Dieser Michael hat für 18 Uhr eingeladen. Es reicht, wenn ihr die Feier ab 19 Uhr stört. Gegen 21 Uhr erwarten wir euch zurück und sind gespannt auf euren Bericht. Enttäuscht uns nicht!", fuhr Professor Swindle fort. Dann deutete er auf seine Kollegin und meinte: „Professorin Flask erklärt euch nun den Rest."
„Genau! Genau!", jubelte Insomnia Flask und eilte herbei. „Meine Lieben! Schon bald geht es los! Ich bin ja so stolz auf euch! Ihr kennt Ort und Zeitpunkt eures Einsatzes und den Anreiseweg. Und ihr kennt eure Transportertruhe! Ich hoffe, ihr erinnert euch an die zentrale Regel für das Reisen mit Transportern!"
„Immer aufpassen, dass einen kein Holzsplitter in den Po pikt", witzelte Foggy. Mit leidender Miene erwartete Insomnia Flask die richtige Antwort.
Tacitus erlöste sie: „Man muss immer denselben Transporter für den Hin- und Rückweg benutzen."
„Exakt, mein Lieber", meinte die Professorin erleichtert. Es gibt zwar die Notverbindungen über Wasserleitungen ..." Sie wies auf die Wasserhähne an der Wand hinter ihrem Schreibtisch. „Doch ist dieser Weg nicht unproblematisch, denn ihr könnt nur über Verbindungen reisen, die die Menschen euch aus Versehen und unwissend zur Verfügung stellen. Ihr braucht eine offene Leitung. Somit muss ein Mensch den Hahn öffnen, oder ihr müsst einen tropfenden, undichten Hahn aufspüren.

Beides kann in Notfällen zu viel Zeit kosten. Daher verlasst euch bitte auf die Wäschetruhen."
Sie nickten.
„Nun aber hinaus mit allen!", sagte Insomnia Flask. „Ich muss mich noch ein wenig hinlegen, ehe es losgeht."

Kurz darauf hockten die drei Geisterschüler in ihrem Zimmer und warteten, dass die Zeit verging. Sie spielten verschiedene Ideen für die Party durch.
„Das wird sicher toll!", befand Tacitus.
„Jedenfalls werden wir uns alle Mühe geben", fügte Foggy grinsend hinzu.
Und Hazy hüpfte krachend in bester Poltergeistmanier durch den Raum und pustete voller Tatendrang in die zahlreichen Pfeifen an ihrem Gewand. „Ich kann kaum noch erwarten, dass wir endlich in die Menschenwelt reisen!", jubelte sie mit hochrotem Kopf.

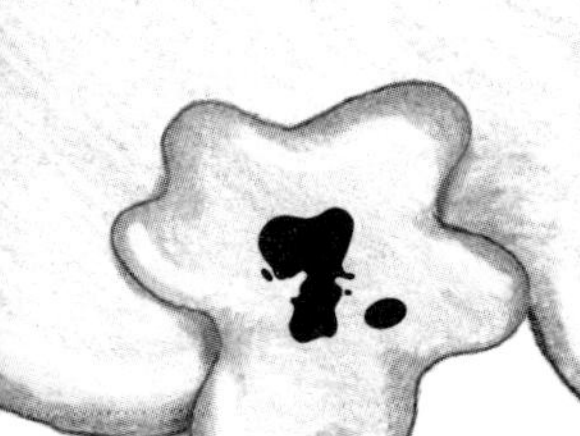

7. Die Party beginnt, auf nach Greenwich!

Michael dimmte die Lampen im Haus. Überall hatte er vorher Kürbislaternen aufgestellt, und nun zuckten Flämmchen geheimnisvoll, wohin man auch blickte.
„Toll!“, staunten die Kinder zufrieden.
Michael, Sue und Sam standen erwartungsfroh vor dem Wohnzimmerfenster und hielten nach den Gästen Ausschau. Draußen war es inzwischen stockdunkel.
„Gestatten, hübsche Dame? Sam, der böse Magier“, säuselte Sam plötzlich in Sues Ohr. Sie zuckte zusammen.
„Hast du mich erschreckt. Lass das!“ Sie lief in den Flur und richtete den Hexenhut auf ihrem Kopf vor dem Wandspiegel. Michael und Sam traten hinzu.
„Wir sehen perfekt aus für eine Party an Halloween!“, strahlte Michael, als er die Hexe Sue, den Magier Sam und sein Spiegelbild, Graf Dracula, erblickte.
„Vielleicht solltest du aber deine Freunde hereinlassen. Sieh nur!“ Sue deutete auf das Wohnzimmerfenster. Draußen tauchten die Lichtkegel eines großen SUVs auf. Das konnten nur Phils Eltern sein. Im nächsten Augenblick stiegen Phil und die übrigen eingeladenen Kinder johlend aus dem Wagen und gingen zur Tür. Als Michael diese öffnete, lachte Phils Dad und sagte: „Ihr seid ja eine großartige Monster- und Geisterschar!“ Dann erkundigte er sich, wo Michaels Eltern waren.
„Mummy holt nur gerade Daddy zu Hause ab. Sie müssten gleich da sein“, antwortete Michael.

„Okay, dann viel Spaß bei der Party! Ich bin um 22 Uhr wieder hier“, wandte Phils Dad sich an seinen Sohn.
„Tschüss, Dad“, rief Phil und stürmte mit den anderen Kindern ins Haus.
Michael blickte kurz auf seine Uhr. Komisch. Mum war schon eine ganze Weile unterwegs. Wieso dauerte es so lange?
Doch er dachte nicht länger darüber nach, denn jetzt sollte die Party beginnen. War das ein Anblick im Wohnzimmer! Phil hatte sich als Gespenst verkleidet. Außerdem machten Christopher, der Geisterpirat, Richard, der wandelnde Kürbis, und Dave, das Skelett, diese Halloweenparty komplett.
Sie sangen „Happy Birthday“ und überreichten Michael ihre Geschenke. Gespannt öffnete Michael die Päckchen und freute sich über Bücher mit Kinderkrimis, CDs und seine Lieblings-Lego-Figuren.
„Vielen Dank! Aber jetzt geht's ans Futtern!“ rief er und eröffnete die Schlacht am Gespensterbüfett.

Nun war es endlich so weit. Die drei Ghostkids brachen auf. Ihre erste Mission stand bevor. Professor Wise gab seiner Kollegin einen Wink und sagte: „Verehrte Insomnia, bitte starten Sie den Transporter!“

Die schlaksige Dame hob den Deckel der Eichentruhe an und forderte die wartenden Geisterschüler auf, darin Platz zu nehmen.

Hazy schlüpfte als Erste hinein, dann suchte sich Tacitus sein Plätzchen, und schließlich ließ sich Foggy plump zwischen die beiden fallen.

„Pass doch auf, du Grobian!“, wetterte Hazy, als sie von Foggy gegen die Seitenwände der Eichentruhe gepresst wurde.

„Sss, sss, sss“, zischelte Professorin Flask gereizt. „Kon-zen-tra-tion, meine Lieben.“ Dann sprach sie ihnen mehrfach den Code für diesen Transport vor.

Als die Truhe schließlich geschlossen wurde, umgab die Geisterschüler tiefe Dunkelheit. Wenige Sekunden später spürten sie ein heftiges Rumpeln und Rauschen. Im nächsten Augenblick schien es sie durch den Raum zu katapultieren, als befänden sie sich im Schleudergang eines Waschmaschinenprogramms. Sie hatten das Gefühl, in ihrem ratternden Behältnis ins Nichts zu entschwinden.

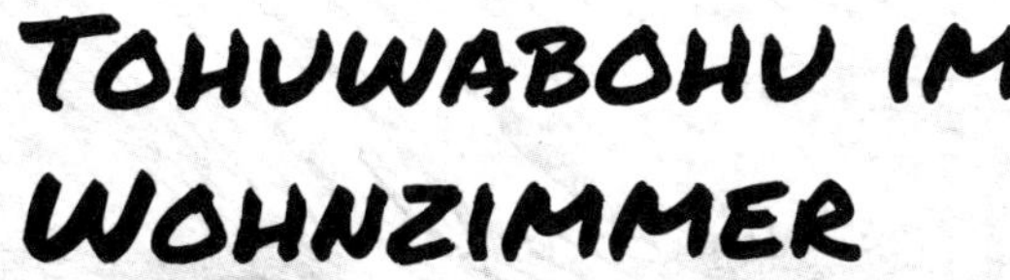

8. Tohuwabohu im Wohnzimmer

Die Kinder machten sich gerade über das gruselige Büfett her, als ein Telefon klingelte.
„Oh, das ist mein Handy", meinte Michael und ging ran. „Michael Doodle ... Mum, bist du das?"
Im Wohnzimmer war es zu laut. Er ging in die Küche und schloss die Tür. Seine Mutter klang ernst: „Michael, wir wurden Zeugen eines schweren Verkehrsunfalls. Uns ist nichts passiert, aber wir müssen noch Dinge mit der Polizei regeln."
Michael fuhr der Schreck in alle Glieder. „Wo, wo bist du denn jetzt?"
„Wir sind nur zwei Straßen von zu Hause entfernt. Beruhige dich. Ist bei euch alles okay? Sind deine Freunde alle da?"
„Ja, Mum. Alle sind hier."
„Macht euch keine Sorgen. Wie gesagt, Dad und mir ist nichts passiert. Wir kommen so schnell wie möglich. Schließt die Haustür ab und lasst niemand Fremdes hinein."
„Machen wir", antwortete Michael. „Bitte beeilt euch!" Er legte auf, verriegelte den Eingang und ging zu den anderen. Der erste Schreck war verflogen und Michael beschloss, den Unfall unerwähnt zu lassen.
„Meine Eltern wurden aufgehalten. Aber sie beeilen sich", verkündete er. Michael legte eine Pop-CD ein und zog mit Luftschlangen zwei parallele Linien quer durchs Zimmer.
„Das ist unser Laufsteg! Wie wär's mit einer Halloween-Modenschau?"

„Das Geburtstagskind beginnt!", bestimmte Sue. Michael legte los und schickte sich an, bei den Beifall klatschenden Zuschauern einen fürchterlichen Eindruck als Vampir zu hinterlassen.

„Aua!", heulte Foggy bei der Ankunft in Greenwich auf. „Wie das pikst!"

„Moment Mal", sagte Tacitus. „Mich sticht auch etwas. Wo sind wir denn gelandet? Kommt, lasst uns erst einmal versuchen, die Truhe zu öffnen." Die drei Geister stemmten sich von innen gegen den Deckel und drückten ihn hoch. Glücklicherweise war die Truhe nicht verschlossen. Sie schlüpften aus dem Transporter und reckten ihre Glieder. Durch eine Luke fiel fahles Mondlicht auf den Dachboden des verwinkelten Hauses an der Themse. So konnten die drei erahnen, was sie gezwickt hatte.

„Was ist das bloß für ein Zeug?", rätselte Foggy und hob etwas Hölzernes empor.

„Es scheint eine Maske zu sein." Tacitus nahm sie und hielt sie vor seinen Kopf.

„Steht dir gar nicht!", meinten die anderen. „Viel zu grimmig!"

Die aus dunklem Holz geschnitzte Maske besaß eine ovale Form und hatte kantige, strenge Gesichtszüge. Ihre Schlitze für Augen, Mund und Nase unterstützten diesen finsteren Eindruck. Anstelle von Haaren ragten unterschiedlich lange und scharfe Spitzen wie kleine

Speere aus der Stirn. „Ich bin mit meinem Po genau in diesen doofen Dingern hängen geblieben", jammerte Foggy.
Tacitus legte die Maske zurück in die Truhe, deren weiteren Inhalt die Geister kurz überprüften. Sie stießen auf allerlei Firlefanz, ein Fernrohr, ein Büchlein über Afrika, eine Kladde mit handschriftlichen Aufzeichnungen, ein Säckchen mit Kleingeld aus verschiedenen Ländern, einen Kompass, alte Hemden und mehr.
„Wurde uns nicht erzählt, die Menschen hätten herrlich duftende Handtücher in ihren Wäschetruhen?", sagte Foggy.
„Das stimmt ja wohl überhaupt nicht. Hier riecht es muffig", polterte Hazy zurück. „Und modrig. Aber das müsste dir als Sumpfgeist ja gefallen!"
„Hazy! Foggy! Könnt ihr euch bitte zusammenreißen und auf unseren Einsatz dort unten vorbereiten", fuhr Tacitus zwischen die Streithähne. Er deutete auf den staubigen Boden zu seinen Füßen. Von unten drangen Musik und fröhliches Gelächter an ihre Ohren.
„Wir sind im richtigen Haus angekommen. Die Party läuft", verkündete Tacitus voller Vorfreude. „Auf geht's!"

„Das klappt ja wie im Training mit Professorin Flask", freute sich Foggy, als er sich durch die Balken der Zwischendecke und eine Lehmziegelwand nach unten arbeitete. Hazy schlängelte sich durch Ritzen und Fugen, wobei sie ein aufmüpfiges Poltern nicht unterlassen konnte. Doch ihr Geräusch wurde von den feiernden Kindern übertönt. Tacitus entschied sich dafür, vorsichtig die klapprige Tür des Dachbodens zu öffnen und über die Treppe hinunterzuhuschen. Bedächtig betrat er das Wohnzimmer, schlüpfte zwischen zwei johlenden Kindern hindurch und begab sich zu Foggy und Hazy, die bereits breit grinsend neben dem lodernden Kamin warteten. Niemand hatte Notiz von ihnen genommen. Natürlich nicht! Als ordentliche Geister waren sie für alle unsichtbar.

Die Kinder hatten mächtig Spaß am Kostümwettbewerb. Links und rechts von den Luftschlangen bildeten sie ein Spalier und feuerten die Models an. Gerade schlenderte ein Geisterpirat über den Laufsteg und schwang wüst seinen Säbel, als Hazy sich entschloss, mit ihrem Einsatz zu beginnen. Fürs Erste ließ sie es ein wenig poltern. Ein lauter Knall ertönte.

„Suuuuuper, Pirat Christopher!", kreischten die Kinder. „Feuerst du jetzt Kanonen ab? Mehr! Mehr!"

Christopher blieb einen Moment verdutzt stehen, dann machte er kehrt und lief den Laufsteg zurück. Hazy heulte und pfiff nun. Wieder blieb Christopher stehen. „War das auf der CD? Stell die mal ab", sagte er zu Michael und beendete seinen Auftritt. Michael schüttelte den Kopf und drückte „Stop". „Das kam bestimmt von draußen." Hazy, Foggy und Tacitus warteten gespannt, wie die Party weiterging.

Dave bewegte sich nun in seinem Skelettanzug auf und ab. Ohne Musik wirkten seine Bewegungen etwas albern.

„Wir sollten dieses Skelett ein wenig unterstützen", kicherte Hazy und sprang als leuchtender Kugelblitz wie ein Flummi krachend kreuz und quer durch die Menge im Raum. Entsetzt ließ sich Dave zu Boden fallen. Die übrigen Kinder schrien auf. Unbemerkt zog sich Hazy wieder zu Tacitus und Foggy zurück. Ihre Show war vorüber. Für einen Moment blieb es mucksmäuschenstill im Zimmer. Nur das Feuer prasselte im Kamin.

„Michael, was hast du hier vorbereitet?", wollte Phil besorgt wissen.

„Ich? Wieso ich? Das war doch einer von euch! Wer von euch hat hier alte Silvesterböller eingeschmuggelt?"

Sie schauten ihn ungläubig an.

„Mir wird es langsam unheimlich", sagte Sue. „Wo bleiben nur Mum und Dad?"

„Ach was. Ein bisschen Spektakel gehört doch zu Halloween. Wetten, dass sie gleich vor der Tür stehen?"

Michael stellte erneut die Musik an. Die Modenschau hatte sich allerdings erledigt. Die Kinder hockten sich stattdessen lieber hin, aßen etwas und schauten sich in Ruhe Michaels Geschenke an.

„Das war ganz nett, Hazy, aber es reicht noch nicht", meinte Tacitus. „Lasst uns gemeinsam die Feier aufmischen!"

Mittlerweile hatten die Kinder ein paar Stühle im Raum verteilt und spielten „Die Reise nach Jerusalem". Die Musik stoppte. Gerade wollte sich Sam freudig auf einen Stuhl fallen lassen, als das Möbelstück mit einem Quietschen nach hinten kippte und er unsanft auf dem Hintern landete.

„Autsch!", rief er ärgerlich. „Wegziehen gilt nicht! Das ist gegen die Regeln."

Er rappelte sich auf und rückte den Stuhl heran.

„Beruhig dich", meinte Michael. „Du bist sicher bloß dagegengestoßen. Phil ist raus, nicht du." Ein weiterer Stuhl wurde beiseitegestellt und die nächste Runde begann.
Als Michael die Musik ausstellte, stürzten sich die Kinder auf die Plätze. Es gab mächtig Lärm und ein großes Geschrei, und schließlich fanden sich Christopher, Dave, Sue und Richard auf dem Boden wieder. Nur Sam saß stolz gleich neben ihnen auf einem Stuhl.
„Was soll denn das?", schimpfte Sue, erhob sich und richtete ihr Kostüm.
Phil knipste den Lichtschalter an und sah verwundert, dass drei der Stühle ein ganzes Stück entfernt standen.
„Wer hat die denn so fix weggezogen?", dachte er laut.
„Weiß nicht. Ist mir auch egal. So macht es keinen Spaß", beschwerte sich Sue. „Ich geh jetzt in die Küche."
„Ich auch, ich hab Durst", folgte ihr Phil.
Die Stimmung kippte. „Trinkpause in der Küche", brach Michael das Spiel ab. Als Letzter ging Sam. Er zuckte kurz zusammen, als hinter ihm sein Stuhl umkippte. „Was geht denn hier ab?", wunderte er sich.
Phil schnappte sich ein Glas und schenkte etwas Schorle ein. Dann hielt er es verwundert in die Höhe. Am Boden des Gefäßes befand sich ein großer Klecks Senf. Auch in den übrigen Gläsern waren Pfeffer, Salz und weitere Senfportionen. Überhaupt herrschte in der Küche ein ziemliches Durcheinander.
Plötzlich ertönte erneut ein lautes Poltern und Heulen im Wohnzimmer.

„Allmählich wird es mir hier zu bunt. Ich will erst einmal raus hier“, rief Christopher und lief hinaus in den Garten. Richard, Sue, Dave und Phil eilten hinterher. Michael und Sam blieben in der Küche.
Jetzt wurde es wirklich Zeit, dass seine Eltern kamen, sorgte sich Michael und zückte nervös sein Handy. Zwei neue Nachrichten. „*Es dauert noch einen Moment. Wir werden als Zeugen gebraucht. Ist alles in Ordnung? Mum*“, las er. Und: „*Ich hoffe, wir sind bald bei euch. Melde dich, wenn es Probleme gibt. Deine Mum.*“
Wenn es Probleme gibt? Probleme, das kann man wohl sagen!, dachte Michael, dem das Ganze inzwischen merkwürdig vorkam.

„Nett, dass wenigstens du bei mir geblieben bist, Sam“, sagte Michael leise, als sie zur Wohnzimmertür schlichen, um dem Lärm auf den Grund zu gehen.
„Ehrensache.“
„Sam, hörst du das?“, flüsterte Michael. „Plötzlich ist alles ganz ruhig hier.“
„Stimmt“, erwiderte Sam. „Aber ein wenig unheimlich ist mir das Ganze schon. Lass uns zu den anderen gehen, bis deine Eltern kommen.“ Gesagt, getan. Im Garten begrüßte sie Phil, deutete auf sein Handy und erklärte: „Mein Daddy kommt gleich. Ich hab Alarm gegeben. Mir ist deine Party zu gruselig.“
„Mist“, grummelte Michael traurig und stampfte auf den moosigen Rasen.

9. Gefährliche Würstchen

„War das ein Spaß!", jauchzte Hazy und schaute aus dem Fenster hinüber zum Dickicht hinter den alten Apfelbäumen. Sie erkannte die Umrisse der Kinder. Der Junge, der eben noch bei ihnen im Haus gewesen war, trampelte heftig auf dem Boden herum.

„Es hat wirklich gut geklappt. Diese Menschenkinder waren leichter zu erschrecken, als ich erwartet hatte", lächelte Tacitus.

„Unser Einsatz war ein absoluter Volltreffer! In der Akademie wird man stolz auf uns sein!", genoss Foggy den Moment und blickte auf die Reste des Büfetts. „Darauf gönne ich mir eine kleine Stärkung!"

Foggys Hand schnappte hastig zwei Würstchenfinger. Noch ehe Hazy und Tacitus „Foggy, nein!" brüllen konnten, hatte der hungrige Sumpfgeist die Speisen verschlungen.

Seine Gefährten sackten mit entsetzten Mienen in sich zusammen. Schlagartig dämmerte Foggy, was er getan hatte.

„Verspukt und zugenäht! Foggy!", riefen Hazy und Tacitus vorwurfsvoll. Foggys pummeliges Gesicht lief knallrot an.

„Oh weh! Ich Blödmann!", begann er. „Hab ich … Hab ich jetzt alles vermasselt, weil ich nur an die köstlichen Würstchen gedacht habe?"

„Alter Fresssack!", wetterte Hazy. „*Diesen* Volltreffer kannst du dir als Eigentor ankreiden. Und am besten düst du sofort zu Professor Wise ab und beichtest!" Bekümmert ließ Foggy Hazys Schelte über sich ergehen.

Tacitus klopfte ihm aufmunternd auf die Schulter. „Weißt du, Foggy“, begann er, „es ist wirklich nicht leicht, solche Köstlichkeiten einfach liegen zu lassen.“ Foggy seufzte schwer.

„Was soll denn das jetzt?“, fuhr Hazy wutentbrannt dazwischen. „Die Goldenen Regeln kennt doch wohl jeder hier. Es ist nicht zu fassen! Eigentlich wollte ich die Ghostkidsprüfung bestehen und mich in Ruhe ein wenig in London umschauen. Stattdessen stehen wir hier vor einem Scherbenhaufen, pardon, Würstchenhaufen!“

„Jetzt mach mal 'nen Punkt, Hazy!“, rügte Tacitus seine aufgebrachte Poltergeistfreundin. „Es ist passiert und wir haben jetzt zwei Möglichkeiten. Entweder löffelt Foggy die Suppe hier allein aus und wir verschwinden umgehend von der Bildfläche und verpfeifen ihn an der Akademie ...“

„Genauso machen wir das!“, tobte Hazy und stampfte heftig mit ihrem rechten Fuß auf.

Tacitus schleuderte ihr einen erzürnten Blick entgegen, stellte sich eng an Foggys Seite und beendete seine Ausführungen: „... oder wir stehen Foggy bei und überlegen gemeinsam, wie wir aus dem Schlamassel herauskommen.“

Mit diesen Worten stopfte sich Tacitus zu Hazys und Foggys Verblüffung genüsslich einen vor Ketchup triefenden Würstchenfinger in den Mund. „Blick mich nicht so entgeistert an, Hazy!“, schmatzte er. „Das schickt sich nicht für unsereins.“ Er grinste breit.

Einen Moment rang Hazy mit sich, dann rief sie: „Also gut, Foggy. Dann eben wir alle! Nur gut, dass noch ein paar Würstchen übrig sind!“ Flink griff auch sie nach dem Teller und stellte fest, dass sie bei Menschen gelandet waren, die offensichtlich herrliche Speisen zubereiten konnten.

„Wenn wir schon gegen unsere Regeln verstoßen, dann soll es auch schmecken!", verkündete der Poltergeist im nächsten Augenblick. Ohne mit der Wimper zu zucken knabberte Hazy die Ecken eines Käsesandwiches ab und biss in einen kandierten Apfel. „Lecker!", befand sie abschließend und bedauerte angesichts der Köstlichkeiten kaum noch, ihre Meinung um hundertachtzig Grad geändert zu haben. Der Verlockung der Käsehäppchen konnten auch Tacitus und Foggy nicht widerstehen. Sie machten sich über das ganze Büfett her.

„Nun müssen wir abwarten, wie schlimm es für uns wird", begann Tacitus und blickte hinaus in den Garten. Die Kinder warteten noch immer in einiger Entfernung zum Haus. „Wir sollten uns von Türen und Fenstern fernhalten. Wenn ich unsere Regeln richtig verstanden habe, kann uns dort draußen ab sofort jemand sehen."

Hazy und Foggy nickten bedrückt.

„Wir werden rasch feststellen, mit wem wir es dabei zu tun haben."

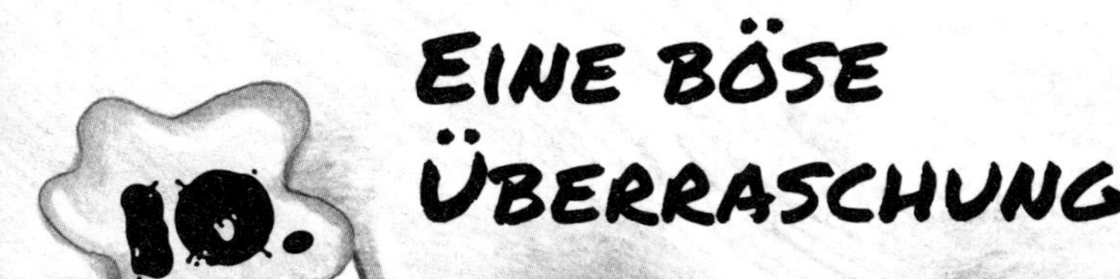

10. Eine böse Überraschung

„Mir ist kalt!“ Zähneklappernd ging Richard auf Michael zu. Der Wind pfiff von der Themse aus durch den Garten und die gefilzte Kürbismaske hielt Richards Kopf überhaupt nicht warm. „Meinst du, wir können wieder ins Haus hinein?“ Michael schien ihm nicht zuzuhören. „Michael? Ist irgendetwas?“

„Nein, nein. Ich hatte gerade nur den Eindruck, als ob jemand hinter dem Küchenfenster stand. Aber wir sind ja alle hier draußen. Merkwürdig.“

Plötzlich schlug eine Tür laut im Wind. Die Kinder horchten auf. Mit der nächsten Böe knallte es erneut.

„Schau, Michael, dort oben!“, rief Sue. „Die Tür zum Dachboden ist auf!“

Eine schmale Wendeltreppe führte seitlich am Haus hinauf. An ihrem Ende konnte man über eine hölzerne Tür den Dachboden vom Garten aus betreten. Aber wieso schwang die Tür im Wind auf und zu? Sie war grundsätzlich verriegelt, da war sich Michael sicher.

„Können wir bitte im Warmen auf Phils Dad warten?!“, riss ihn Richard aus seinen Gedanken.

„Zu spät!“, lachte Phil, als die Frontleuchten des SUVs das Grundstück erhellten. „Er fährt gerade vor.“

Phils Dad stieg aus und fragte Michael nach seinen Eltern. Als er erfuhr, dass sie die ganze Zeit abwesend gewesen waren, meinte er kopfschüttelnd zu den Kindern: „Kommt!

Es ist wirklich besser, ich bringe euch jetzt nach Hause." Überstürzt verabschiedeten sich die Freunde von Michael und stiegen erleichtert ins Auto.
„Aber nächstes Jahr, da feiern wir eine echte Halloweenparty. Und dann erschrecken wir die Nachbarn!", meinte Michael zu Sam, der bei ihm und Sue geblieben war.
„Das werden wir tun! Aber jetzt drehen wir alle Lampen in eurem Spukhaus wieder auf und erholen uns von dem Schrecken." Gemeinsam gingen sie zurück ins Haus.

„Sie kommen zurück!", warnte Tacitus.
„Seid nicht dumm, Jungs, lasst uns verduften und Zeit gewinnen!", rief Hazy und die drei Geister schwebten eilig durch die Decke nach oben.
„Am besten verstecken wir uns in der Truhe, bis die Luft dort unten rein ist", keuchte Hazy.
Foggy und Tacitus erreichten Hazy in der Mitte des Dachbodens, wo der Poltergeist wie zur Salzsäule erstarrt verwirrt auf die Stelle sah, an der sie in ihrem Transporter angekommen waren.
„D... d... die Truhe ...", stammelte sie.
„... ist weg!", ergänzte Tacitus knapp.
Ratlos ließen sie ihre Blicke kreisen, während sich unter ihnen das Häuschen wieder mit Leben füllte.
Tacitus schlich lautlos zu einer hölzernen Außentür. Sie war ihm vorhin im geschlossenen Zustand nicht aufgefallen. Wieso schwenkte sie im Wind hin und her? Er lugte hinaus. Aha! Von hier oben konnte man über eine Wendeltreppe in

den Garten gelangen. Sein Versuch, die Tür zu schließen, misslang.
„Schaut mal!“ Er winkte Hazy und Foggy herbei. „Das Schloss ist aufgebrochen worden. Das war der laute Knall vorhin, der nichts mit deinem Poltergeistauftritt zu tun hatte, Hazy.“
„Das heißt, es waren Einbrecher hier, und die haben die Truhe ...“
„... unseren Transporter ...“, warf Foggy am Boden zerstört ein.
„... unseren Transporter gestohlen. Oh weh!“, beendete Hazy ihren Satz. Fassungslos schlug sie die Hände vors Gesicht und raufte sich ihre Wuschelmähne.
„Jetzt haben wir ein wirklich großes Problem. Regel Nummer eins beim Reisen mit Transportern ...“, stöhnte Tacitus.
„Benutze immer denselben Transporter für Hin- und Rückweg!“, fügte Foggy kleinlaut hinzu.
„Wir müssen über eine Notverbindung fort!“, durchschoss Hazy ein Geistesblitz.
„Stimmt, Hazy. Aber keiner der Wasserhähne hier im Haus ist als Transporter erkennbar. Keiner tropft oder wurde aufgedreht. Das können wir vergessen!“, antwortete Tacitus. „Und die Menschen dürfen wir auch in einer Notsituation nicht um Hilfe bitten. Außerdem müssen wir uns wohl oder übel unten melden, nachdem wir ihr Essen gekostet haben. Ihr kennt die Geisterregeln.“
Hilflos blickte Tacitus durch die Dachluke in den Nachthimmel und sann nach einem Ausweg. Hazy und Foggy ließen sich fassungslos in der Ecke nieder, aus der ihr Transporter verschwunden war.

„Professor Wise! Professor Wise!“, hastete Insomnia Flask über die Korridore der Akademie.
„Was haben Sie, meine Liebe?“, trat ihr der Direktor aus seinem Lesezimmer entgegen.
„Grauenhafte Dinge sind geschehen! Unsere Mission scheitert! Tacitus, Hazy und Foggy werden den Menschenkindern dienen müssen!“ Sie sank in seine Arme und fiel in eine kurze Ohnmacht.

„Entschuldigen Sie“, stammelte die schlanke Gestalt, als sie wieder zu sich gekommen war. „Ich bin furchtbar überreizt, und dann solche Nachrichten von unseren Kontaktleuten!“
Sophisticus Wise runzelte die Stirn. „Das ist bereits die zweite schlechte Nachricht heute. Im Gebäude wurde mir ein Geist angezeigt, der nicht hier sein sollte. Wir konnten ihn jedoch noch nicht aufgreifen.“
Er blickte seine Kollegin an: „Wir sollten umgehend handeln!“

11. Seltsame Besucher

Unten schafften Michael, Sue und Sam Ordnung. Abgesehen vom Durcheinander im Wohnzimmer und einigen umgekippten Bowlebechern erinnerte wenig an den vorangegangen Spuk.

Da klingelte Michaels Handy.

„Das wurde aber auch Zeit! Was denkt ihr euch eigentlich?", fuhr Michael seine Mutter direkt an. „Wo steckt ihr bloß? Und wie lange dauert es denn noch, bis ihr kommt?"

Entnervt und schuldbewusst erklärte ihm Mrs Doodle, dass sie sich auf dem Weg zu Grandpas Häuschen befand. Michaels Daddy war noch auf der Polizeiwache.

„Feiert ihr denn wenigstens schön, auch ohne uns?", erkundigte sie sich. „Ich höre überhaupt keine Musik und keine Stimmen."

„Erklär ich dir gleich. Komm jetzt!", antwortete Michael und beendete das Gespräch. „Endlich. Sie kommt!", motzte er vor sich hin. „Was für eine blöde Geburtstagsfeier!"

„Die meisten Kinder sind fort. Die da unten gehören anscheinend zum Haus. Wir sollten uns stellen", begann Tacitus mit bitterer Miene.

„Wenn es sein muss …", murmelte Hazy.

„Regel ist Regel. Also los!", sagte Tacitus. Und sie traten ihren schweren Gang an.

„So ganz verstehe ich immer noch nicht, wie sich die Stühle einfach bewegt haben und wer sich am Büfett zu schaffen gemacht hat“, rätselte Sam, als er im Wohnzimmer verstreute Leckereien vom Fußboden aufklaubte. „Hat dein Grandpa jemals erwähnt, dass mit seinem Haus etwas nicht stimmt? Vielleicht ist es ein verzaubertes Haus?“

„Im Leben nicht!“, antwortete Michael und fegte Konfetti zusammen. „Ich weiß zwar nicht, was hier geschehen ist, aber erstens ist es vorüber und zweitens war es bei genauerer Betrachtung vielleicht doch alles gar nicht so doof, sondern die tollste und gruseligste Geisterparty, die ich mir hätte wünschen können. Und ...“, er blickte auf ein Tischchen neben sich, „alle meine Geburtstagsgeschenke liegen noch friedlich hier, als ob nichts gewesen wäre. Immerhin!“

Sue wusch in der Küche schmutziges Geschirr ab, als ihr Bruder und Sam mit Abfällen für den großen Mülleimer kamen.

„Schnappt euch die Handtücher!“, sagte sie.

„Guten Abend!“, grüßte plötzlich ein blasser, sonderbarer Junge. Neben ihm traten ein flatterhaftes, beinahe durchsichtiges Mädchen und ein rundlicher, schlammfarbener Kerl durch die Küchentür.

„Ich werd verrückt!“, brüllte Sam. „Hört der Quatsch heute Nacht überhaupt nicht mehr auf?“

„Christopher, Phil, das seid doch ihr!“, lachte Michael. „Und Richard, hast du dir ein Mädchenkostüm übergestreift?“

Sue zog sich so weit sie konnte in eine Ecke der Küche zurück. „Pass auf, Michael. Das können gar nicht deine Freunde sein. Die sind doch abgeholt worden. Und wie sollten die sich so

schnell und neu verkleidet haben? Das sind Landstreicher, oder Einbrecher! Ruf die Polizei!", brüllte sie.
„Möglicherweise solltet ihr die Polizei später einschalten, aber nicht wegen uns", erklärte der blässliche Junge ruhig. „Habt keine Angst! Bitte erlaubt, dass wir uns vorstellen und euch erklären, weshalb wir zu euch kommen mussten."
„Mussten? Wie interessant. Dann schießt mal los!", entgegnete Michael.
„Wir sind Tacitus, Foggy und Hazy", begannen die drei Geister im Chor, „und wir kommen von der Geisterakademie in Cambridge."
„Durch die Einladung zu deiner Geburtstags-Geisterparty hast du selbst dafür gesorgt, dass unsere Professoren uns mit einer Prüfungsaufgabe hierher gesandt haben", fuhr Tacitus fort.
„Schwachsinn!", prustete Sam dazwischen. „Geisterakademie in Cambridge!"
„Das klingt komplett irre", krümmte sich Michael vor Lachen. „Gebt doch zu, dass ihr uns einen Halloweenstreich spielt. ‚Süßes oder Saures!', alles klar?"
„So einfach liegen die Dinge leider nicht", räusperte sich Tacitus unsicher.
„Ich zeig dir gleich, wer oder was hier irre ist, Junge!", fauchte Hazy Michael an.
„Es stimmt, eigentlich wollten wir euch lediglich einen Halloweenstreich spielen. Und ich glaube, dies ist uns auch überzeugend gelungen", fuhr Tacitus davon unbeeindruckt fort. „Schaut her!" Er deutete auf einen Stuhl am Küchentisch, der sich ruckartig bewegte und krachend umkippte.

Dazu heulte Hazy gruselig auf. Die Kinder zuckten zusammen. Dann atmete Michael tief aus und meinte: „Ihr wart das also."

Tacitus lächelte versöhnlich, während Hazy die Kinder frech anstarrte und anschließend ihre Augen wild im Gesicht kreisen ließ. Foggy stierte ins Leere. Er verspürte keine Lust, den Menschenkindern zu erläutern, wieso sie in diese missliche Lage geraten waren.

Michael fand die drei aufregend und bot an, es sich im Wohnzimmer etwas bequemer zu machen.

„Erzählt bitte weiter, aber drückt auf die Tube. Meine Mum wird jede Sekunde hier eintreffen, und der kann ich keine Geistergeschichte auftischen", sagte er, noch immer unschlüssig, was er von den Fremden halten sollte.

Sie hockten sich vor den Kamin.

Kaum hatte Tacitus ein paar weitere Erklärungen abgegeben, wurde er von Sam erneut unterbrochen: „Ihr seid Geister, so, so. Und wie kommt es, dass wir euch sehen können? Ihr seht zwar etwas blässlich aus und habt komische Klamotten an, aber soweit ich mich mit Geistern auskenne ..."

„Das ist bereits das entscheidende Problem. Ihr meint, ihr wüsstet etwas von uns. Das stimmt aber nicht!", erwiderte

Tacitus. „Komm, berühr mich! Ich werde dir beweisen, dass ich ein Geist bin."
Sam trat auf ihn zu, streckte seine rechte Hand aus und wollte Tacitus mit dem Zeigefinger anstupsen.
„Igitt!", kreischte Sue, als zunächst Sams Finger, dann seine Hand und schließlich Sams ganzer Körper durch die sonderbare Gestalt hindurchglitten.
„Ihr seid aus ... Luft?!", stammelte Michael.
Sam machte einen Satz zurück: „Das ist der helle Wahnsinn!", murmelte er.
„Wir sind Geisterwesen. Für euch meinetwegen wie aus Luft. Nennt es, wie ihr mögt", sagte Tacitus. Er wandte sich Foggy zu: „Komm, erkläre ihnen, weshalb sie uns sehen können."
Foggy fasste sich mit seiner Schilderung möglichst knapp. Wie ein Häufchen Elend wartete er auf die Reaktion der Menschenkinder.
„Weil ihr unsere Würstchenfinger probiert habt, seid ihr für uns sichtbar?", versuchten Sue und Michael zu begreifen. „Das ist krass!"
„Und was für ein Glück, dass ich bei den Käsesandwiches mitgeholfen habe. Ich wollte schon immer mal richtige Geister kennenlernen!", freute sich Sam, der die Begegnung mit den Fremden inzwischen richtig abenteuerlich fand.
„Außer euch kann uns niemand sehen. Und hören auch nicht, jedenfalls nicht unsere normalen Unterhaltungen. Etwas anderes ist es natürlich, wenn wir absichtlich Krach schlagen. Das Gepolter und Heulen vorhin war doch toll, oder?", erkundigte sich Tacitus.

Michael, Sue und Sam lächelten gequält.
„Wie Foggy euch erklärt hat, hängt unser ganzes Missgeschick mit einer entscheidenden Regel zusammen, die wir verletzt haben. Wenn wir etwas annehmen, was Menschen zubereitet haben, müssen wir ihnen ...", ihm stockte der Atem, „dienen."
„Dienen! Wow! Das ist das großartigste Geburtstagsgeschenk überhaupt! Wie der Geist in Aladins Wunderlampe? Fantastisch!", jubelte Michael.
„Müsst ihr dann auch Zimmer aufräumen, Hausaufgaben machen und den Rasen mähen?", erkundigte sich Sam fasziniert.
Die drei Geister nickten zögerlich.
Sue schien nicht überzeugt und meinte: „Wir haben die Würstchen und Sandwiches ja nicht einmal für euch zubereitet. Eure Regel ist doch Quatsch."
„Auf den ersten Blick vielleicht", erwiderte Tacitus. „Wir wurden jedoch vor der Abreise ermahnt, bei den Goldenen Regeln höllisch aufzupassen."
Sam räusperte sich und blickte Tacitus skeptisch an.
„Schon gut, lassen wir das", fuhr Tacitus fort. „Wir sind zu eurer Party dazugestoßen und haben Pech gehabt, denn es steht zweifelsfrei fest, dass ihr uns erkennt und versteht. Daher müssen wir uns an die Spielregeln halten. Es wäre lieb, wir bräuchten nicht nur Putzdienste abzuleisten."
„Mal schauen", grinste Michael.
„Wo seid ihr überhaupt hergekommen?", bohrte Sue weiter.
„Das ist eine noch kompliziertere Geschichte", begann Tacitus.
Da fielen ihm Hazy und Foggy ins Wort und sprachen wild

durcheinander von einer geraubten Transportertruhe und einer piksenden Maske.

„Es waren Einbrecher hier, meint ihr?!“ Sue konnte es kaum fassen.
„Die sind sicher durch die Tür oben eingestiegen, die offen steht!“, meinte Michael. „Kommt mit! Lasst uns auf dem Dachboden nach Spuren suchen!“
Menschen- und Geisterkinder rasten hinauf. Aber außer der beschädigten Tür war nichts Auffälliges zu entdecken. Nur die Abdrücke der Truhe auf dem staubigen Dachboden. Und gähnende Leere, wo sie bis vor kurzem gestanden hatte.
„Die Ganoven müssen sehr schnell gewesen sein, denn wir waren noch nicht lange unten, als ihr in den Garten getürmt seid. Und von dort hättet ihr sie bemerken müssen“, wunderte sich Tacitus.
„Es ist doch draußen finster und neblig. Außerdem waren alle total aufgeregt“, meinte Sam.
„Wisst ihr, dass in Grandpas Truhe ganz besondere Dinge lagerten?“, fragte Sue ernst.
„Ehrlich gesagt ist die Truhe für uns eher der Schlüssel zur Rückreise in die Geisterakademie“, antwortete Hazy.
„In der Truhe befanden sich Grandpas Erinnerungen an seine Afrikareisen. Er war immer so stolz darauf. Es ist furchtbar, dass sie jemand gestohlen hat. Die Truhe muss wieder her!“, mischte sich Michael ein.
„Und ob sie das muss!“, riefen die drei Geister im Chor. „Sie ist doch unser Rückfahrticket! Unser Transporter!“

„Eure Transportergeschichte klingt ziemlich frei erfunden. Vielleicht habt auch *ihr* die Truhe weggeschafft", meinte Sam mit prüfendem Blick. „Wieso sollten wir das alles glauben? Eine Geisterakademie in Cambridge, so etwas existiert nicht! Das weiß ich sicher, da war ich schon im Urlaub."

„Natürlich existiert unsere Akademie, Sam", gab Tacitus forsch zurück, „und auch all ihre Geisterschüler, so wie es unsere Heimat, die Geisterwelt, gibt."

„Aber davon hat noch nie jemand etwas gehört oder gesehen!"

„Ich stehe doch deutlich erkennbar vor dir, Sam."

„Zugegeben, euch drei sehen und hören wir. Aber wenn eure Erläuterungen wahr sind, dann kann sonst niemand auf der Welt etwas von eurem Geisterhokuspokus mitbekommen. Es sei denn, ihr nascht Würstchen und Käsesandwiches."

„Nenn es von mir aus Hokuspokus. Du hast das Wesentliche verstanden, Sam. Wir Geister existieren mit unserer Welt zur selben Zeit und am selben Ort wie ihr, doch wir sind trotzdem voneinander getrennt. Und bei uns sind gerade Ferien. Das ist ein kleiner Unterschied. Ihr Menschen habt üblicherweise keine Möglichkeit, uns zu erkennen. Schaut euch einmal auf diesem Dachboden um. Ihr werdet sagen, hier sei nichts und niemand außer uns, euch und dem Gerümpel, das hier lagert. Dabei ist die Luft voller Mikroben, ihr seht sie bloß nicht. Sind sie deshalb etwa nicht hier?"

„Mikroben, was bist du denn für ein Streber?", antwortete Sam pampig. „Außerdem kann man Mikroben mit dem Mikroskop sehen. Erwischt man euch Geister damit auch?"

„Blödsinn!", antwortete Tacitus. „Ich wollte dich nur darauf hinweisen, dass es vielleicht mehr gibt, als du mit bloßem Auge erfasst. Wer weiß, vielleicht können wir dich doch noch davon überzeugen, dass unsere Welt existiert?!"

Draußen rollte ein Wagen in die Einfahrt des Grundstücks.
„Mist! Mum ist da!", rutschte es Michael heraus, der gern mehr erfahren hätte.
Sue dagegen rannte erleichtert die Treppe hinab, sperrte die Haustür auf und eilte ihrer Mum entgegen.
„Dann erzählt ihr mal eine passende Geschichte", grinste Hazy. „Wir machen uns besser aus dem Staub."
„Aber nicht zu weit. Vergesst nicht, dass ihr uns dienen dürft!", sagte Michael mit einem Lächeln.
„Keine Sorge. Ohne Transporter kommen wir nicht weit", grummelte Foggy zerknirscht.
„Wir sollten zunächst überlegen, was wir jetzt überhaupt tun können", erwiderte Tacitus.
Von unten hallten aufgeregte Stimmen nach oben.
„Was nun? Wohin mit euch? Was unternehmen wir wegen Grandpas Truhe?", fragte Michael besorgt.
„Denkt euch etwas aus, aber lasst uns dabei aus dem Spiel! Wir versuchen, die Spur der Diebe aufzunehmen", versuchte ihn Tacitus zu beruhigen. „Wir kommen später bei dir vorbei, Michael."
„Das geht doch nicht!", erwiderte dieser.
„Doch, doch", lachte Tacitus. „Es ist wohl wirklich schwer zu glauben, aber außer euch wird uns niemand bemerken. Wir

müssen lediglich ins Haus gelangen. Dafür muss ein Fenster oder eine Tür offen sein. Sonst ist der Zugang von außen für uns blockiert."
„Kein Problem. Ich kippe mein Zimmerfenster, es ist direkt über der Haustür. Meine Adresse ist ..."
„22, Cherry Tree Lane, ganz nah am Greenwich Park", ergänzte Tacitus cool. „Du siehst, wir sind gut vorbereitet. Und jetzt ab nach unten!"
„Bis später!" Michael und Sam polterten die Treppe hinunter. „Meine Güte!", hörten die Geister Mrs Doodle rufen. „Ihr rennt ja, als ob euch ein Gespenst verfolgen würde!"

„Es tut mir leid, dass ich nicht eher kommen konnte", wiederholte Mrs Doodle mehrfach mit betrübtem Blick.
„Ach, weißt du, Mum. Jetzt bist du ja hier und alles ist gut", antwortete Michael.
„Aber bis auf Sam sind alle deine Freunde fort. Und Phils Dad hat mich vorhin angerufen und komische Dinge erzählt."
Michael wurde es schlagartig heiß am ganzen Körper. Dieses Gefühl verstärkte sich noch, als Sue loslegte: „Es war ja auch furchtbar. Schrecklich!"
Michael trat ihr auf den Fuß und schritt beherzt ein: „Natürlich war es das! Schrecklich gruselig. Wie es sich für eine Geisterparty gehört. Da haben die anderen Schiss bekommen."
Schweigend warf ihm Sue einen wütenden Blick zu.
„Vielleicht habt ihr es wirklich bloß übertrieben. Phils Dad machte allerdings merkwürdige Andeutungen und war sehr ärgerlich, dass wir euch unbeaufsichtigt feiern ließen. Ich

mache mir schreckliche Vorwürfe, aber dieser Verkehrsunfall hat mich wohl sehr mitgenommen. Ich hätte sofort ins Auto steigen und zu euch fahren müssen."

„Du konntest doch nichts für den blöden Verkehrsunfall", antwortete Michael.

„Aber was meinte Phils Dad mit ..." Mrs Doodle stockte einen Moment und ergänzte ungläubig: „mit Stühlen, die sich von Geisterhand bewegen?"

„Oh", griff Sam beherzt ein. „Das war wohl ich. Als Magier habe ich versucht, einem Stuhl Leben einzuhauchen. Nun ja, ich hab ihn über den Boden gekegelt."

„Das tut man aber nicht, Sam!", meinte Mrs Doodle ermahnend.

„Phils Dad soll sich nicht so anstellen", versuchte Michael, Zeit zu gewinnen. „Ich fand es lustig! Es war eben eine Geisterparty mit Streichen und etwas Spukerei."

„Ich weiß nicht", erwiderte seine Mum.

„Stimmt, es war alles halb so wild. Ein bisschen schaurig musste es doch sein!", beschwichtigte Sue.

Ihre Mutter schien noch immer nicht überzeugt.

„Es war von Stühlen die Rede, die sich auf eigene Faust bewegten, und von Getränken, die wie durch Geisterhand mit Senf gemischt wurden. Ich hätte erwartet, dass ihr euch besser benehmt!“, sagte Mrs Doodle streng.

„Weißt du, Mummy“, preschte Michael vor, „es gibt da etwas wirklich Wichtiges, das du wissen solltest. Hier wurde eingebrochen. Ich glaube, deshalb war Phil auch so aufgeregt!“, dehnte er die Wahrheit ein wenig.

„Eingebrochen?“ Mrs Doodle blickte die Kinder entsetzt an. „Um Himmels willen! Was ist hier geschehen?“

Sie gingen auf den Dachboden und betrachteten gemeinsam den Schaden an der Tür und den nun leeren Platz der Truhe.

„Das Schloss wurde aufgebrochen. Meine Güte, ihr wart in schrecklicher Gefahr! Ich rufe sofort die Polizei“, rief Mrs Doodle aufgeregt. „Nur gut, dass ihr den Diebstahl nicht mitbekommen habt. Nicht auszudenken, was geschehen wäre, falls ihr auf die Verbrecher gestoßen wärt!“

Sie zückte ihr Handy und wählte.

„Polizei? Doodle hier, ich muss einen Einbruch melden“, sagte sie mit zittriger Stimme.

12. Spannende Neuigkeiten

Gut ausgebildete Geister verfügen über Spürnasen, die selbst Hunde vor Neid erblassen lassen. Doch die Spur der Einbrecher verlor sich bald. Tacitus, Hazy und Foggy hatten den Garten durchkämmt und waren auf eine Fährte gestoßen, die sie zum Fluss hinunterführte. Sie folgten dem Trampelpfad am Ufer und durchstreiften das Gebiet in Richtung Greenwich. Die Besiedlung wurde dichter, und nichts deutete auf den Transporter oder die Diebe hin.

Stattdessen gerieten die drei in ein Getümmel umherziehender Halloweenmonster, die mit ihren Kürbislaternen in Hauseingängen standen und lautstark etwas Süßes forderten. Denen machten sie ein wenig Dampf. Schließlich waren sie geschickt worden, um die alberne Halloweenfeierei zu stören.

Ihr Schabernack konnte sie jedoch kaum über die anscheinend aussichtslose Verfolgungsjagd hinwegtrösten.

Schließlich standen sie vor der Kuppel des Eingangs zum Greenwich Foot Tunnel, der unter der Themse hindurch nach Norden zur Isle of Dogs führt.

„Ich rieche und fühle und weiß gar nichts mehr. Und meine Füße sind schwer wie Blei!", klagte Foggy.

„Du kannst dich ruhig dort hinten im Greenwich Park auf eine Bank hocken", wetterte Hazy. „Ich suche weiter. Ich habe nicht vor, den Transporter kampflos aufzugeben und hier als Putzfrau für die Menschenkinder zu versauern. Ich glaube nämlich, dass sie uns gehen lassen, wenn wir die alte Truhe zurückholen. Schon aus Dankbarkeit."

„Kein schlechter Gedanke. Denn nur der, dem man dienen muss, kann einen auch freilassen", murmelte Tacitus vor sich hin.

„So ist es! An der Stelle habe ich im Unterricht höllisch aufgepasst", tönte Hazy.

„Allerdings bin ich momentan völlig ratlos, wo die Diebe sein könnten", sagte Tacitus. „Was haltet ihr davon, wenn wir die Suche für heute abbrechen? Lasst uns schauen, ob Michael schon zu Hause ist und das Fenster geöffnet hat!"

„Von wegen!", polterte Hazy. „Wenn ich schon so weit gelaufen bin, dann gucke ich mir auch die Geschäfte in Greenwich an. Wir müssen doch nur die Hauptstraße hinauf."

Um des lieben Friedens willen unternahmen die Geister einen Rundgang durch das nächtliche Greenwich. Hazy blickte begeistert in die bunten Auslagen der Geschäfte, während Foggy und Tacitus einen heimlichen Besuch auf der Cutty Sark genossen, dem wiederhergerichteten Museumsschiff in der Nähe des Anlegers an der Themse.

Als sie von Bord gingen, stürmte Hazy begeistert auf sie zu.

„Die haben soooo schöne Geschäfte hier!", schwärmte sie.

„Und noch schönere Segelschiffe!", frotzelte Foggy.

In diesem Moment kam eine Touristengruppe auf sie zu. Ein älterer Herr führte die Gruppe an. Er trug eine alte Seemannsuniform und eine Kappe, auf der „Guided ghostly walks" zu lesen stand. An seiner Jacke haftete ein Schild mit der

Aufschrift „Mr Miller". Vor sich schwenkte er eine Laterne, während er die Geschichte des berühmten Schiffs erzählte: „Verehrte Damen und Herren. Blicken sie auf den Stolz unseres Trockendocks, die Cutty Sark! Sie war einst der schnellste Teeklipper zwischen China und London und gewann 1871 das Rennen auf dieser Strecke in nur 107 Tagen. An Bord können Sie sich anschauen, wie die Kaufleute und Matrosen auf ihren abenteuerlichen Überfahrten lebten, aßen und schliefen. Doch Vorsicht! Man erzählt sich, dass auf der Cutty Sark die unruhigen Seelen ertrunkener Matrosen umherspuken. Als der alte Klipper vor einigen Jahren ausbrannte, gaben nicht wenige diesen Gespenstern die Schuld daran. Ha, ha, zum Glück haben sie den Wiederaufbau des Schiffs nicht verhindern können! Und jetzt ist

es um ein Museum und ein Informationszentrum erweitert worden und schöner als je zuvor."
Seine Zuhörer lächelten interessiert. Kurz darauf stoben sie allerdings panisch auseinander und Mr Millers Laterne fiel scheppernd zu Boden, als ein gleißender Kugelblitz krachend durch ihre Mitte fegte und von der Cutty Sark ohrenbetäubendes Geheule ertönte.
„So warten sie doch!", rief Mr Miller, aber die Touristen hatten für dieses Mal genug von seiner Führung durch Greenwich.
„Erst wollen die Leute eine Geistertour haben und dann laufen sie davon!", amüsierte sich Hazy.
„Nimm es als Kompliment, Hazy! Wir waren überzeugend", lachte Foggy.
„Ich glaube, wir gehen jetzt besser zu den Doodles. Sie müssten längst zu Hause sein", überlegte Tacitus.
So verließen die drei Geister den großen Platz in der Nähe des Piers von Greenwich und machten sich auf zur Hausnummer 22 in der Cherry Tree Lane.

Rasch hatten sie das Haus erreicht.
„Klappt wie am Schnürchen", freute sich Hazy, als sie als Erste durch das Kippfenster im ersten Stock schlüpfte.
„Na endlich!", freute sich Michael, der frisch geduscht auf seinem Bett hockte und seit einer halben Stunde ununterbrochen erwartungsvoll das Fenster beobachtet hatte. Unten im Wohnzimmer unterhielten sich seine Eltern aufgeregt mit zwei Polizisten wegen des Einbruchs, und vor dem Haus parkte der dazugehörige Streifenwagen.

„Habt ihr die Truhe gefunden?", erkundigte sich Michael leise, als auch Foggy und Tacitus durch die Fensteröffnung geschlüpft waren. „Die da unten haben nämlich noch keine Spur."
„Wir haben auch keine guten Nachrichten", antwortete Tacitus, ehe Foggy und Hazy freudig von ihren Spukereien berichteten, mit denen sie die Kinder in ihren Halloweenaufzügen und die Touristen an der Cutty Sark erschreckt hatten.
Die Tür öffnete sich einen Spalt und Sue kam herein. „Ich habe euch gehört. Schön, dass ihr Wort gehalten habt und zurückgekommen seid."
„Ja, sie sind zum Glück hier. Aber sie haben keine Ahnung, wo die Diebe mit Grandpas Truhe stecken", meinte Michael traurig.
„Ach", lachte Foggy. „Wer wird gleich Trübsal blasen? Lasst uns lieber überlegen, wie wir die Truhe wiederbeschaffen können."
„Recht hast du, Foggy! Eigentlich ist es doch ein spannender Kriminalfall", antwortete Michael. „Und ich liebe Krimis. Kennt ihr die Abenteuer von Sherlock Holmes, dem Meisterdetektiv?"
Die Geister schüttelten die Köpfe.
„Das sind tolle Fälle, und Holmes hat eine wahre Spürnase. Der findet jeden Schurken und ist schlauer als die Polizei. Wir müssen uns auch einen klugen Plan ausdenken, dann erwischen wir die Diebe bestimmt", fuhr Michael fort.
Plötzlich waren alle voller Tatendrang. Und so fragten sie sich, was nun am besten zu tun wäre.
„Morgen ist Samstag, das bedeutet, es ist schulfrei", sagte Michael freudig. „Wir haben also Zeit! Ich finde, wir sollten

alle noch einmal zu Grandpas Haus an der Themse zurückkehren. Vielleicht können wir bei Tageslicht doch noch eine Spur finden!"

„Wir sagen einfach, dass wir noch gründlicher aufräumen wollen", schlug Sue vor.

„Aber nicht, dass *wir* das dann für euch machen müssen!", knurrte Hazy.

„Ach was, beruhige dich, Hazy", antwortete Michael. „Ich habe mir sowieso etwas überlegt wegen eurer Geisterregel. Lasst uns die Sache mit dem Dienen einfach vergessen! Helft uns lieber, die Truhe zu finden!"

Bingo, dachte Hazy erleichtert.

„Aber was sollen wir in Grandpas Haus schon finden?", gab Sue zu bedenken. „Selbst die Polizei konnte nur Fotos von dem aufgebrochenen Türschloss machen und einen Schuhabdruck unten an der Treppe finden, und wer weiß, von wem der ist."

„Unsere Gangster scheinen nicht dumm zu sein", meinte Tacitus. „Da wir überhaupt keinen Ansatzpunkt haben, ist es vielleicht wirklich das Beste, wir kehren bei Tageslicht an den Tatort zurück."

„Apropos Tageslicht. Ist das nicht etwas Widerliches für euch? Geister meiden doch die Sonne", wunderte sich Michael.

„Mit einer passenden Sonnenbrille gehe ich auch durch die Wüste", antwortete Hazy vorwitzig.

„Ihr wisst wirklich wenig über uns. Aber einige eurer verrückten Annahmen über Geister haben wir zum Glück im Unterricht

bereits kennengelernt. Da gab es das Fach Menschenkunde", erläuterte Tacitus und blickte auf Michaels Wecker. „Wenn ich eure Geistergeschichten richtig verstanden habe, dürften wir drei noch gar nicht auf den Beinen sein. Beginnt unsere Geisterstunde nicht erst um Mitternacht?"
„Stimmt!", antworteten die Kinder erstaunt und lachten. „Also seid ihr doch keine echten Geister!"
„Und ob!" Empört stampfte Hazy mit dem rechten Fuß auf.
„Reiß dich zusammen, Hazy!", schimpfte Tacitus. „Sonst verrät uns dein Getrampel noch!"
Glücklicherweise verabschiedeten Michaels Eltern gerade die Polizisten und hatten nichts bemerkt. Draußen rauschte der Streifenwagen davon.
„Sue, Michael", rief Mr Doodle hinauf. „Höchste Zeit, ins Bett zu gehen!"
„Vorsicht! Mum kommt bestimmt gleich hoch. Verhaltet euch ruhig, bis die Luft wieder rein ist", sagte Michael.
Die Geisterschüler machten es sich unter der Zimmerdecke schwebend bequem und beobachteten interessiert, wie Michael kurz darauf von seiner Mum ins Bett gebracht wurde. Im Zimmer nebenan saß Mr Doodle an Sues Bett.
„Das war ein grässlicher Abend", meinte Mrs Doodle, als sie Michael zudeckte. „Aber zum Glück ist euch nichts passiert. Nur der Schreck steckt uns allen in den Gliedern."
Sie strich ihm über den Kopf.
„Schlaf gut, mein Lieber. Und wenn du schlecht träumst, kommst du zu uns rüber." Sie gab ihm einen Gute-Nacht-Kuss auf die Wange.

„Das werde ich bestimmt nicht tun, Mum. Ich bin schon zwölf, oder hast du das etwa vergessen? Außerdem habe ich mich längst beruhigt“, antwortete Michael grinsend.

„Das ist gut, Michael. Mich hat dieser aufregende Abend sehr mitgenommen.“

„Ich weiß, Mum“, antwortete Michael. „Aber um mich brauchst du dir keine Sorgen zu machen. Und findest du die Geschichte mit dem Einbruch nicht wenigstens auch ein bisschen spannend? Ob die Diebe wohl schnell gefasst werden? Was sagt denn die Polizei?“

„Ich finde das Ganze nur furchtbar. Und den Rest überlassen wir der Polizei. Schlaf gut, mein Schatz!“

„Schlaf gut, Mum!“

Später, als sie sicher war, dass ihre Eltern fest schliefen, huschte Sue zurück in Michaels Zimmer, und sie unterhielten sich weiter mit ihren geheimnisvollen Gästen. Gemeinsam hockten sie auf Michaels Bett, und eine Leselampe spendete ein wenig Licht.

„Ihr müsst euch von einigen Vorstellungen über Geister verabschieden“, unternahm Tacitus einen neuen Versuch. „Was glaubt ihr denn noch so alles über uns zu wissen?“

„Ihr kommt zu bestimmten Zeiten aus euren Verstecken und spukt herum, zum Beispiel in alten Burgen“, war sich Sue sicher.

„Und warum tun wir das?“

„Weil ihr alle tot seid.“

„Hört! Hört!“, amüsierten sich die drei Geister.

„Und ihr wurdet meistens umgebracht oder wart schlechte Menschen. Daher müsst ihr als Geister in verzauberten Gemäuern spuken und findet keine Ruhe. Manchmal habt ihr keinen Kopf! Darüber habe ich eine Geschichte gehört“, ergänzte Michael.

„Klingt nicht besonders schmeichelhaft“, rümpften die Geister ihre Nasen und fassten sich an die Köpfe.

„War ich eurer Meinung nach früher ein Mensch?“, bohrte Tacitus nach.

Und Hazy strich sich durchs Haar und meckerte: „Habe ich etwa keinen Kopf? Und bin ich uralt?“

„Ihr haltet uns für Gespenster!“, hatte Foggy die Lösung. „Aber die gibt es nur in von Menschen ersonnenen und unglaublich dämlichen Lügengeschichten. Wir sind Geister.“

Es stellte sich heraus, dass Foggy, Tacitus und Hazy in Menschenkunde von weitaus mehr Gespenstergeschichten gehört hatten, als die Kinder kannten.

„So langsam nehme ich euch die Geschichte von der Geisterakademie ab", staunte Sue.

„Wenn aber unsere Vorstellungen von euch so verkehrt sind, wie seid ihr denn wirklich? Bitte erzählt uns noch ein wenig!", bat Michael.

„Auf eure Gefahr. Nicht, dass ihr morgen zu müde für unsere Jagd nach Grandpas Truhe seid!", antwortete Tacitus grinsend. Nun bemühten sich die Geister, den Geschwistern ihre Welt begreiflicher zu machen. Sie berichteten von der Geisterakademie, ihren Lehrern und der Prüfungsaufgabe. Immer wieder stellten Michael und Sue gespannt Zwischenfragen, bis sie gegen drei Uhr morgens jede Menge unglaublicher Einzelheiten erfahren hatten.

Erfreulich war, dass die Geister ihnen gar nicht so fremd zu sein schienen. Sie wurden geboren, besaßen Eltern, gingen in Schulen und lernten dort ihr Geisterhandwerk. Das ging beneidenswert schnell. Schon in jungen Jahren schickte man kluge Geisterkinder auf die Akademie, ansonsten gingen sie ihrem Leben als Sumpf-, Wasser-, Erd-, Luft-, Feuer-, Haus-, Wald- oder Poltergeister nach.

Manche hockten ein Leben lang im Inneren von Gebirgen, andere – hier stimmten ausnahmsweise die Menschengeschichten – in Flaschen oder wundersamen Lampen. Es gab gute wie böse Geister, und über gewisse Grundfertigkeiten, was das Spuken betraf, verfügten sie alle.

In ihren Lebensräumen hatten sie sich darüber hinaus auf alles Mögliche spezialisiert.
„Als Sumpfgeist hat mir mein Vater beigebracht, wie ich Irrlichter erzeugen kann. An der Akademie habe ich zusätzlich Täuschungsspuk bei Professor Swindle studiert. Ich habe aber noch mehr Überraschendes drauf", gab Foggy den Kindern ein Beispiel.
„Leider beherrschst du dich nicht so gut, wenn es ums Futtern geht!", konnte es Hazy nicht lassen, abermals auf ihm herumzuhacken.
„Ich mag es nicht mehr hören!", schritt Tacitus ein.
„Das Thema Essen gefällt mir aber gut", meinte Michael. „Wie sollen wir euch ernähren, solange ihr bei uns bleibt?"
„Du möchtest uns wohl wie Haustiere füttern", schmunzelte Tacitus.
„Das ist jetzt aber mein Thema", witzelte Foggy. „Macht euch keine Gedanken. Wir essen fast alles, wobei die Leckereien auf eurem Büfett schon etwas ausgesprochen Feines waren. Wir nehmen, was ihr vorrätig habt."
Müde stellte Michael eine letzte Frage: „Wieso seid ihr so böse auf uns, dass ihr euch extra auf den Weg zu meiner Geburtstagsfeier gemacht habt? Was ist denn so schlimm an einer Halloween-Geburtstagsfeier?"
„Wie soll ich es ausdrücken?", begann Tacitus. „Das ist schwierig, denn ihr seid eigentlich echt nette Kinder." Foggy und Hazy pflichteten ihm kopfnickend bei.
„Ich glaube, unsere Lehrer finden es albern und dumm, dass ihr Menschen glaubt, euch wie Geister aufführen zu können."

„Aber wir tun doch nur so, als ob wir Geister wären. Es sind doch Kostüme."
„Es stinkt ihnen aber trotzdem", schaltete sich Hazy ein. „Ich glaube allerdings, dass sie nur einen Grund brauchten, um uns in die Menschenwelt und zurück zu schicken. Sie wollten testen, ob wir das gut hinbekommen und zuverlässig sind. Wir werden nämlich die neuen Ghostkids für besondere Aufgaben!"
„Ghostkids, soso", murmelte Sue schläfrig.
„Das erklären wir euch ein anderes Mal", meinte Foggy. „Wir sollten uns momentan nicht zu viele Gedanken darüber machen. Denn ich fürchte, wir haben es weder gut hinbekommen noch werden sie uns in Cambridge für zuverlässig halten." Er seufzte schwer.

Jetzt war es höchste Zeit, sich schlafen zu legen.
Sue schlich auf Zehenspitzen in ihr Zimmer, und die drei Geisterschüler machten es sich auf dem flauschigen Teppichboden unter Michaels Bett bequem.
Michael knipste seine Leselampe aus und verkroch sich unter seiner kuscheligen Decke.
Gegen halb vier in der Früh wurde es mucksmäuschenstill im Haus Nummer 22 in der Cherry Tree Lane.

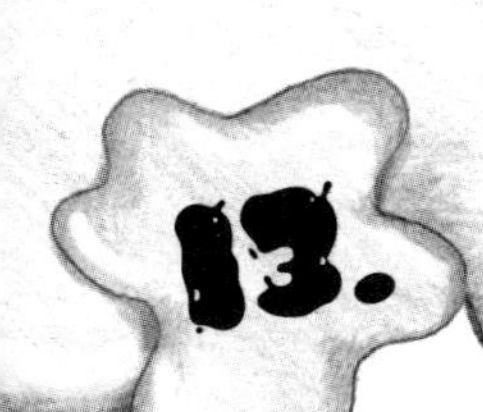

13. Es muss etwas geschehen!

„Die drei haben versagt!“, schimpfte Sophisticus Wise und knallte die Fäuste auf seinen Schreibtisch.

„Und sie waren töricht genug, sich ihren Transporter stehlen zu lassen. Ich bin fassungslos!“, entfuhr es Insomnia Flask, die entnervt durch den Raum tigerte. Außer ihr und ihrem Kollegen Aetherius Swindle hatte sich auch Swivelly Antisepticus zu nachtschlafender Zeit in den Gemächern des Direktors eingefunden.

Die Dozentin für Putzteufelei hatte angesichts der schlechten Nachrichten ihren Badeurlaub im Lake District abgebrochen. Nun waren die vier hochrangigsten Professoren der Akademie versammelt, um die Lage zu beraten.

„Erlauben Sie mir die Bemerkung, dass man die Dinge auch in einem anderen Licht betrachten kann“, begann Aetherius Swindle. „Tacitus, Hazy und Foggy müssen nun beweisen, dass sie in der Menschenwelt zurechtkommen und den Transporter wiederbeschaffen können. Ist diese Aufgabe nicht viel größer, als nur eine verrückte Geister-Geburtstagsfeier zu stören? Lassen Sie uns kein vorschnelles Urteil fällen! Wir haben die drei doch nicht ohne Grund ausgesucht.“

„Das ist zwar richtig, doch ihre Mission war eine andere!“, erwiderte Professor Wise.

„Vielleicht wurden einfach die Falschen ausgesucht!“, warf Swivelly Antisepticus ein. „Wenn sie wieder hier sind, sollen sie zur Strafe für ihren frechen Verstoß gegen die Goldenen

Regeln die gesamte Akademie tiptop sauber putzen! Jawohl, das ist meine Meinung!"

„Dazu müssen wir sie erst wieder wohlbehalten hierhaben", schien Professor Wise wenig begeistert.

„Wir werden Tacitus, Hazy und Foggy weiter beobachten lassen, damit sie nicht noch größeren Unfug verzapfen. Aber mehr können wir derzeit nicht für sie tun", beschloss der Direktor.

„Oh doch, Professor. Ich finde, wir sollten jemanden hinterherschicken, der uns bisher nicht enttäuscht hat. Verzeihen Sie meinen Alleingang! Aber als ich Ihre Nachricht von der Katastrophe in Greenwich erhielt, habe ich umgehend einen geeigneten Kandidaten alarmiert. Roger Ghastly wird schon bald hier eintreffen", verkündete Professorin Antisepticus stolz.

„Ghastly! Roger Ghastly?" Insomnia Flask rümpfte ihre Nase. „Der ist doch kein bisschen besser vorbereitet als unsere drei."

„Nun ja. Wieso eigentlich nicht. Es ist eine neue Situation eingetreten", meinte Direktor Wise. „Vielleicht schaffen es Tacitus, Hazy und Foggy tatsächlich nicht allein. Dann wäre Roger Ghastly eine Alternative."

Swivelly Antisepticus grinste übers ganze Gesicht.

„Und er ist trotz der Ferien einsatzbereit?"

„Ja, Herr Direktor, er befindet sich auf dem Weg hierher“, antwortete sie.
„Schicken Sie ihn über einen Transporter, der sonst nur Mitgliedern des Ghostkids-Einsatzteams zur Verfügung steht! Wir können uns keine erneute Reisepanne erlauben“, wies der Direktor Insomnia Flask an, die noch immer nervös ihre Kreise im Büro zog. „Insomnia, haben Sie mich verstanden?“
Die hagere Dame hielt abrupt an. „Selbstverständlich, mein Guter! Ich bereite alles vor. Verzeihen Sie, aber die Rückschläge der vergangenen Stunden haben meinem Nervenkostüm sehr zugesetzt.“
Sophisticus Wise rang sich ein mildes Lächeln ab. Dann blickte er auf eine Apparatur auf seinem Schreibtisch.
„Sind Sie sich sicher, dass unser Kandidat noch nicht hier eingetroffen ist? Mir werden nach wie vor mehr Geister angezeigt, als im Gebäude sein sollten.“
„Seine Eltern werden ihn persönlich an uns übergeben. Roger ist noch nicht wieder in Cambridge eingetroffen. Ganz gewiss nicht!“, versicherte Swivelly Antisepticus.
„Dann haben wir einen ungebetenen Gast in der Akademie. Ich werde das Gebäude durchsuchen lassen. Bis ich Entwarnung geben kann, ist erhöhte Wachsamkeit oberstes Gebot!“
Die Gestalt, die vor der Tür aufmerksam das Gespräch belauscht hatte, zuckte zusammen und huschte gerade noch rechtzeitig davon, bevor die Professoren die Räume des Direktors verließen.

Kurz darauf traf Roger Ghastly mit seinen stolzen Eltern an der Akademie ein. Nach einer kurzen Begrüßung durch Swivelly Antisepticus und Direktor Wise begab sich der Schüler schnurstracks in Insomnia Flasks Büro.

„Bereit für den Einsatz! Ich hoffe, der Transporter ist startklar!", rief er freudig.

14. Noch keine heiße Spur

In der Cherry Tree Lane 22 fuhr ein Streifenwagen vor.
Es klingelte.
„Guten Tag, Mr und Mrs Doodle", fing der ältere der beiden Polizisten zu reden an. „Ich bin Inspektor Boyle. Und das ist mein Kollege Constable Johnson. Wir haben noch einige Fragen an Sie und Ihre Kinder wegen des Einbruchs."
Sie gingen ins Wohnzimmer.
„Sue, Michael, kommt herunter. Die Polizei ist da", rief Mr Doodle.
Die Kinder sagten zu den Geistern: „Wartet hier oben."
Die Geister nickten und machten es sich auf dem Teppich gemütlich. Sie streckten sich bequem aus und hatten ein Ohr auf dem Boden, sodass sie das Gespräch im Wohnzimmer unter ihnen durch die Holzdecke mitverfolgen konnten. Das war kein Problem für sie, denn Geister verfügen über ein hervorragendes Gehör!

„Wir nehmen jetzt alles noch einmal zu Protokoll", sagte Inspektor Boyle. Er stellte seine Fragen und Constable Johnson bemühte sich, die Antworten zügig in sein Notizbuch einzutragen.
Michael und Sue schilderten ihre Variante der Geschehnisse, nachdem Mr und Mrs Doodle ihre Aussagen der vorherigen Nacht wiederholt hatten.
„Was genau befand sich in der Truhe?", wollte der Inspektor schließlich wissen.

„Mein Vater ist ein großer Afrikaliebhaber und hat viele Reisen dorthin unternommen, als er es körperlich noch konnte. Seine Andenken lagerte er in der Truhe auf dem Dachboden. Dazu zählten hölzerne Talismane, Fotos, Bücher, eine geschnitzte Maske und persönliche Aufzeichnungen", erklärte Mrs Doodle.

„Handelt es sich bei den Schnitzereien um wertvolle Kunstgegenstände?"

„Das kann ich mir nicht vorstellen. Doch für meinen Vater hängen natürlich besondere Erinnerungen daran. Ich weiß gar nicht, wie ich ihm das erklären soll."

„Außerdem waren noch Instrumente und Werkzeug in der Truhe. Ein Fernglas, ein Kompass, Hammer und Meißel", ergänzte Michael.

„Ich kann ihren Fall leider noch nicht in irgendein Schema einordnen. Wir haben momentan keine auffällig erhöhte Zahl von Einbruchsdelikten oder gar Kunstrauben. So, wie Sie die Beute beschreiben, kann es den Dieben nicht um Riesensummen gegangen sein. Entweder, die haben in der Truhe etwas Wertvolleres erwartet, oder sie fühlten sich durch die Kinder unten gestört und haben einfach gegriffen, was wertvoll aussah", dachte Inspektor Boyle laut nach.

„Können wir noch irgendetwas zur Aufklärung beitragen?", fragte Mr Doodle.

„Ich denke nicht", antwortete der Inspektor, der sein Wochenende herbeisehnte. „Wir melden uns, sobald es Neuigkeiten gibt!" Die Polizisten verabschiedeten sich.

„Wisst ihr, heute sieht die Welt wieder viel freundlicher aus. Ich habe bestens geschlafen und bin fit wie ein Turnschuh“, plapperte Michael los. Dann blickte er seine Schwester an und fragte: „Sue, wollen wir nicht nachher eine Radtour machen? Es ist doch so schönes Wetter draußen.“
Sue stutzte einen Moment. Was hatte Michael jetzt vor? Etwas ungläubig brachte sie ein „Ja, warum nicht ... Wenn du meinst“ hervor.
„Ich finde, das ist eine prima Idee“, meinte ihr Dad, der gerade das Wohnzimmer betrat. „Es gibt nichts Besseres als Bewegung und frische Luft.“
Alles klappte wie am Schnürchen. Oben in seinem Zimmer schickte Michael mit seinem Handy eine Nachricht an Sam. Dann verkündete er seinen Plan: „Wir können Grandpas Häuschen noch einmal in Ruhe unter die Lupe nehmen. Mum und Dad werden keinen Verdacht schöpfen. Sam treffen wir direkt am Tatort.“
Sue staunte. Das hatte er geschickt eingefädelt.
„Und damit ihr nicht verhungert, habe ich ein paar Kekse abgezweigt.“ Er zog eine Tüte hinter dem Rücken hervor und reichte sie den Geistern.

Fünf Minuten später zogen Michael und Sue ihre Räder aus der Garage und radelten los. Hazy, Foggy und Tacitus hingen in halsbrecherischer Manier auf den Gepäckträgern und johlten.
Sam erwartete sie bereits an der Tür des Hauses an der Themse. „Was haben die Polizisten gesagt?“, fragte er.

Was Michael und Sue zu berichten hatten, klang wenig spektakulär.
„Die wissen überhaupt nichts, wenn ihr mich fragt", fasste Sam seine Eindrücke zusammen.
„Ran an den Tatort! Zeit für die Ghostkids!", tönte Hazy und sprang forsch vor Sam auf und ab.
„Ich fürchte, wir waren nie entfernter davon, richtige Ghostkids zu werden", bremste sie Tacitus.
„Hereinspaziert", meinte Michael und schloss die Haustür auf. Sie stiegen die Treppe zum Dachboden hinauf und versuchten, wie echte Detektive nach Spuren zu suchen.
Aber so sehr sie sich auch bemühten, außer ein paar Fußspuren im Staub stießen sie auf nichts.
Im Wohnzimmer machten sie es sich schließlich bequem und dachten noch einmal über alles nach.
„Meint ihr, die Einbrecher haben in Wirklichkeit etwas ganz anderes gesucht und fühlten sich von uns gestört?", fragte Michael.
„Die Menschenpolizei ist dumm. Wieso sollte den Ganoven während ihres Einbruchs schlagartig klar geworden sein, dass unten eine Party steigt? Das mussten sie doch schon bemerkt haben, als sie durch den Garten angeschlichen kamen", nörgelte Foggy.
„Und eine schwere Truhe schleppt niemand ohne Grund fort", war sich Tacitus sicher. „Mit ihrem Inhalt muss es etwas auf sich haben, ganz gleich, was eure Eltern oder dieser Inspektor denken."
Das klang einleuchtend.

„Dann muss ich mit Grandpa über die Sachen in der Truhe sprechen", sagte Michael und beschloss: „Ich werde ihn morgen früh besuchen. Heute ist sein Spieleabend. Hoffentlich wollen Mummy und Daddy nicht mitkommen, damit ich ihn ungestört befragen kann!"
„Und was ist mit mir?", unterbrach ihn Sue.
Michael dachte kurz nach, dann schlug er vor: „Lass mich mit Foggy und Tacitus zu Grandpa gehen, und du vertreibst dir die Zeit mit Hazy."
„Ich kann leider nicht mit", erkannte Sam enttäuscht. „Meine Mum meint, ich bräuchte noch Winterklamotten! Wie ich es hasse, durch die stickigen Geschäfte zu ziehen und alles Mögliche anzuprobieren. Tolle Aussichten."
„Du Armer!", pflichtete ihm Michael bei. „Aber eines verspreche ich dir. Sobald wir etwas Neues erfahren haben, melde ich mich."
So verblieben sie und kehrten mit aufregenden Plänen nach Hause zurück.

15. Eine aufregende Nachrichtensendung

Am Sonntagmorgen hüpfte Michael schon um sieben Uhr aufgekratzt aus den Federn, wusch sich und zog sich an. Dann schlich er in die Küche und deckte den Frühstückstisch. Auch an Sandwiches für die hungrigen Gäste dachte er. Die Geister speisten in aller Ruhe in seinem Zimmer. Da seine Eltern und Sue noch fest schliefen, nutzte Michael die Gelegenheit, im Wohnzimmer ein wenig fernzusehen. Er hockte sich auf den Teppich, drückte auf die Fernbedienung und das Gerät startete mit den Nachrichten der BBC.

Gerade wollte Michael gelangweilt umschalten, als seine Augen wie gebannt am Fernseher kleben blieben. Eine Eilmeldung der Londoner Polizei flimmerte über den Bildschirm: „Bei ihrem Einbruch ins British Museum gingen die Täter heute Nacht hoch professionell vor. Die Polizei prüft, ob die Einbrecher Helfer unter dem Personal des Museums hatten. Die Tat wirft zahlreiche Fragen auf, etwa, weshalb die Aufzeichnungen der Überwachungskameras fehlerhaft sind und die Alarmanlage in der Afrika-Abteilung ausgeschaltet wurde." Der Kommentar des Sprechers war mit Bildern aus dem Museum unterlegt.

„Ich werd verrückt!", schlug sich Michael ungläubig vor die Stirn, als er Grandpas afrikanische Maske im Fernsehen erblickte. Gebannt folgte er dem Bericht:

„Offenbar gingen die Diebe gezielt vor und entwendeten bevorzugt afrikanische Kunst, darunter diese 150 Jahre alte

Maske aus Kamerun, verzierte Waffen und Goldschmuck." Der Sender blendete Fotos kunstvoller Ketten, Haarspangen und Ohrringe ein. Eine BBC-Reporterin und Inspektor Boyle erschienen auf dem Bildschirm. Michael zappelte nervös mit den Füßen.

„Inspektor Boyle, was können Sie unseren Zuschauern über den spektakulären Einbruch ins British Museum mitteilen?"

„Mrs Taylor, unter Berufung auf die Verschwiegenheitspflicht bei laufenden Ermittlungen muss ich mich leider kurzfassen. Bei den Tätern haben wir es mit Profis zu tun, das steht fest. Wir werden in Zusammenarbeit mit der Museumsleitung zunächst eine genaue Liste der gestohlenen Exponate erstellen. Ich bitte um Geduld."

„Liefert vielleicht die Beute irgendwelche Hinweise auf die Diebe, ihre Motive oder Hintermänner?"

„Momentan tappen wir im Dunkeln. Entschuldigen Sie bitte, aber mehr darf ich nicht mitteilen. Wir müssen zunächst alle Spuren sichern und auswerten."

„Was bedeutet das für den Publikumsverkehr? An Wochenenden kommen immer besonders viele Menschen ins Museum."

„Das Museum wird ab heute Nachmittag eingeschränkt geöffnet sein. Bitte haben Sie Verständnis dafür, dass die betroffenen Räume der Afrika-Abteilung vorerst geschlossen bleiben müssen."

„Herzlichen Dank, Inspektor Boyle", wandte sich die Reporterin von ihrem Interviewpartner ab. Die Kamera zoomte auf ihr Gesicht, als sie weiter in ihr Mikrofon sprach: „Ich gebe nun zurück ins Studio. Dies war Sally Taylor, exklusiv vom Tatort für die Londoner BBC-Nachrichten."

Michael fuhr hoch und raste in sein Zimmer. Hastig berichtete er den Geistern vom Einbruch ins Museum. „Dieser Inspektor Boyle ist wirklich keine Leuchte", schloss er. „Es kann doch kein Zufall sein, dass eine afrikanische Maske geraubt wurde, die genau wie die aus Grandpas Truhe aussieht."

„Vielleicht wollte er nur bluffen. Die Täter sollten nicht erfahren, was die Polizei weiß", meinte Tacitus.

„Ich glaube, dieser Mr Boyle ist tatsächlich so doof!", spöttelte Foggy.

„Mag sein", sagte Tacitus und wandte sich an Michael: „Umso wichtiger ist es, dass wir dich zu deinem Grandpa begleiten und mehr über diese Masken erfahren!"

Etwas verwundert waren die Doodles schon, als ihre Kinder ihnen ihre Pläne für den Sonntagvormittag unterbreiteten.

„Ich finde es schön, dass du Grandpa besuchen möchtest", meinte Michaels Mutter. „Ich rufe ihn sowieso gleich an, um ihn über den Einbruch zu informieren. Dann sage ich ihm, dass du später vorbeischaust. Und Sue, gib nicht zu viel Geld aus bei deinem Stadtbummel!"

16. Drei afrikanische Masken

„Gut, dass ihr nichts wiegt, sonst müsste ich mich furchtbar abstrampeln“, lachte Michael, als er mit Foggy und Tacitus auf dem Gepäckträger durch Greenwich Park flitzte.

Das Altenheim lag noch etwas weiter außerhalb als Grandpas Häuschen. Es befand sich auf einer Anhöhe, von der aus man weit über Greenwich, die Themse und das gegenüberliegende östliche Ende Londons blicken konnte.

Mr Hoyles freute sich sehr, seinen Enkel zu sehen. Tacitus und Foggy hockten mit gespitzten Ohren neben den beiden im Wintergarten des Hauses.

„Deine Mum hat mir eben am Telefon schon von dem schrecklichen Einbruch berichtet. War das nicht sehr gefährlich für dich und deine Freunde?“, erkundigte sich Michaels Grandpa.

Sein Enkel spielte die Aufregungen der Halloweennacht herunter und kam rasch zu seinem eigentlichen Anliegen. „Grandpa, du weißt doch, was sich alles in deiner Truhe befand, nicht wahr?“

„Natürlich“, nickte der alte Herr. „Das ist das Bitterste an diesem Diebstahl. Die Stücke können die Gauner höchstens auf dem Trödelmarkt verhökern, aber für mich hängen die Erinnerungen an meine Reisen daran. Als ich ins Heim umzog, konnte ich die Dinge nicht mitnehmen, dazu ist mein Zimmer hier zu klein“, seufzte er.

„Ich glaube nicht, dass deine Sachen wertlos sind. Irgendetwas muss mit ihnen los sein", fuhr Michael fort und erzählte vom Fernsehbericht über den Raub im British Museum.

„Das hört sich in der Tat merkwürdig an", murmelte sein Grandpa nachdenklich. „Ich weiß genau, welche Maske du meinst. Als ich vor zwölf Jahren das letzte Mal mit meinen Freunden in Westafrika war, kauften wir drei dieser Masken auf einem Antiquitätenmarkt in Ghana. Sie stammen ursprünglich aus Kamerun. Meine Maske lagerte in der Truhe auf dem Dachboden. Als mein Freund John vergangenes

Frühjahr starb, stiftete seine Witwe seine kleine Sammlung afrikanischer Kunstgegenstände dem British Museum."
„Mitsamt der Maske, die heute Nacht gestohlen wurde!", fuhr Michael aufgekratzt dazwischen.
Mr Hoyles nickte kurz.
„Und wo ist die dritte Maske, Grandpa?"
„Vielleicht hat Tim sie noch. Ich habe keine Ahnung, er lebt zurückgezogen, ich habe lange nichts von ihm gehört."
„Tim? Das ist dann der dritte Mann, der mit dir und John auf deinen Afrikafotos ist, oder? Wo wohnt er? Hast du seine Telefonnummer?"
„Beruhige dich, Michael", lächelte sein Grandpa.
Foggy und Tacitus blickten sich erwartungsfroh an. *Er macht seine Sache prima!,* freute sich Foggy.
„Mr Hoyles, es gibt gleich Mittagessen. Kommen Sie bitte in zehn Minuten in den Speisesaal", unterbrach eine Pflegerin das Gespräch.
„Du hast es gehört, Michael. Uns bleiben noch zehn Minuten."
„Dann müssen wir Gas geben, Grandpa. Also, wer ist dieser Tim, und wie kann ich ihn erreichen?"
„Bist du dir sicher, dass hier nicht die Polizei ins Spiel kommen sollte?"
„Grandpa! Die Polizei ist langsam und kümmert sich um ihren Kram. Ich denke, es geht um die drei Masken, und deshalb möchte ich mich mit diesem Tim unterhalten. Vielleicht erfahre ich etwas Interessantes. Und das gebe ich natürlich sofort an den Inspektor und seine Leute weiter. Bitte, Grandpa, die Adresse", bohrte Michael weiter.

„Na gut. Ich brauche mein Adressbüchlein. Komm, wir gehen auf mein Zimmer."
„Hier habe ich seine Adresse, aber ich kann nicht garantieren, dass er dort noch wohnt."
Michael griff sich das Büchlein und notierte die Adresse auf einem Notizzettel. „Timothy Paxton heißt das, oder?", fragte er seinen Grandpa.
„Na hör mal, meine Schrift ist doch wohl leserlich", lachte Mr Hoyles. „Aber versprich dir nicht zu viel von deinem Besuch bei Tim", fügte er hinzu. „Falls er überhaupt noch auf einem Boot namens Lucy in Little Venice wohnt und mit dir reden möchte."
„Passt schon. Aber ich muss mit ihm über seine Maske sprechen. Ich spüre, dass hier der Schlüssel zu unserem Rätsel liegt. Ich hole deine Truhe zurück. Versprochen!"
„Nichts wünsche ich mir mehr als das! Ich muss dich allerdings in deinen Hoffnungen etwas bremsen. Tim war immer ein komischer Kauz, ziemlich eigensinnig und ein bisschen abergläubisch!", erwiderte sein Grandpa.
„Oh, Schreck! Wie meine Mum! Das kann ja heiter werden", prustete Tacitus.
Michael musste schmunzeln. Es war faszinierend, sein Grandpa hatte den Geist nicht gehört.
„Ich versuche mein Glück trotzdem", sagte Michael.
„Dann grüß ihn von mir. Lass dir keinen Bären aufbinden, wenn er dir von irgendwelchen afrikanischen Mythen und magischem Schnickschnack rund um die Masken erzählt."
„Nein, nein. Ich habe verstanden. Du meinst wohl, Mr Paxton ist ein wenig verrückt im Kopf."

Herzlich umarmte Michael seinen Grandpa, begleitete ihn in den Speisesaal und verließ das Altenheim, auf Schritt und Tritt von Tacitus und Foggy begleitet.
„Wie weit ist diese Adresse von hier?“, fragte Tacitus, der sich mit den Händen am Sattel festhielt und locker im Fahrtwind treiben ließ. Foggy hing halb aus einer Satteltasche heraus und war eher mit seinem knurrenden Magen beschäftigt.
„Mr Paxton wohnt am anderen Ende Londons in Little Venice. Da uns mein Grandpa keine Telefonnummer geben konnte, müssen wir dort hinfahren. Aber wir nehmen die U-Bahn“, erklärte Michael und strampelte in die Pedale. Kurz bevor er wieder in die Cherry Tree Lane einbog, stoppte er das Fahrrad und schickte Sam eine Nachricht.

Sam hatte seine Einkaufstour bereits beendet, als sein Handy piepte. Neugierig blickte er aufs Display:
Hallo Sam, bitte ruf in fünf Minuten bei mir zu Hause an.
Wir müssen uns treffen. Es gibt Neuigkeiten! Michael

Michael erzählte seinen Eltern gerade vom Besuch bei seinem Grandpa, als das Telefon klingelte. Er eilte zum Apparat. „Es ist Sam. Kann ich mit ihm draußen spielen?“, rief er kurz darauf.

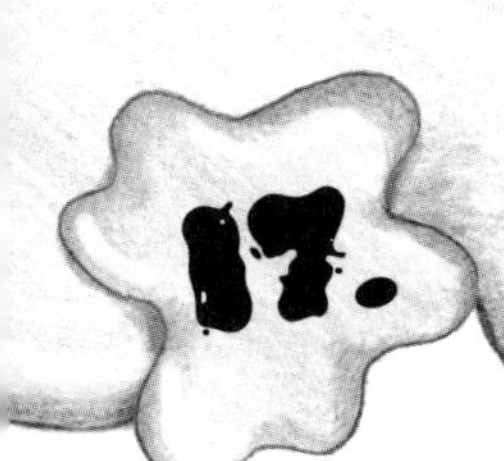

17. Chaos in Hamleys Spielzeugwelt

„Oh, wie großartig eure Cheeseburger mit Pommes sind! Ich könnte glatt noch mehr davon essen“, schwärmte Hazy immer noch von den Köstlichkeiten, die sie gekauft hatten, als sie schon längst durch die Londoner Parks streiften.
„Du bist ganz schön verfressen, Hazy. Tut mir leid, mehr geht nicht“, antwortete Sue. „Ich hab kein Geld mehr.“
„Schade", antwortetet Hazy schmollend.
„Ich habe eine Idee, um dich aufzumuntern“, meinte Sue. „Ich zeige dir noch ein tolles Spielzeuggeschäft. Vielleicht finde ich dort etwas für meinen Geburtstagswunschzettel.“
„Wann ist denn dein Geburtstag?“
„Am 11. November.“
„Da sind wir bestimmt schon wieder in Cambridge. Mist!“
„Vielleicht schickt man euch ja zurück, um meine Party zu stören“, witzelte Sue.
„Bestimmt nicht! Professor Wise ist sicher wütend auf uns. Und mir wird ganz mulmig bei dem Gedanken, was wohl meine Eltern sagen werden, wenn sie die Wahrheit über unsere Reise in die Menschenwelt erfahren.“
„Das wird schon. Komm weiter, in fünf Minuten sind wir in Hamleys Spielzeugwelt. Der Laden wird dir gefallen. Auf mehreren Etagen gibt es nichts als Spielzeug! Aber du musst mir versprechen, dass du dich benimmst!“
Hazy nickte leicht genervt.

Schon die Fassade des Geschäfts war beeindruckend. Bunte Ballons hingen vom Eingang herab, davor standen Mitarbeiter, die Gutscheine und Prospekte verteilten. Sue und Hazy betraten das Spielzeugkaufhaus. Hazy staunte beim Anblick der Fülle an Puppen und Spielzeug, die sich im Erdgeschoss türmten. Mit der Rolltreppe ging es weiter in die verschiedenen Abteilungen.
„Hier sind ja auch überall Gespenster- und Kürbisdekorationen", stellte der Poltergeist säuerlich fest. „Aber keine Angst, ich beschädige nichts."
„Wir sind in der Kostümabteilung. Michael und ich haben unsere Halloweenverkleidungen letzte Woche hier gekauft. Die Sachen sind prima, zumindest aus Menschensicht", betonte Sue und schaute sich an den Ständern mit Hexen- und Vampirzubehör um.

Ein paar Meter entfernt tobte plötzlich jemand herum. Durch den Lärm zu Boden stürzender Regalböden und kippender Kostümständer aufgeschreckt, blickte sich Sue um und rief alarmiert: „Hazy? Hazy hör auf!"
Doch Hazy befand sich hinter ihrem Rücken und hatte nichts mit dem Tumult zu tun. Eine Verkäuferin eilte mit hochrotem Kopf heran und ergriff Sue, die die einzige Kundin in dieser Ecke des Geschäfts war. Sue riss sich los und schrie verwirrt nach dem Poltergeist: „Hazy! Hazy! Was ist hier los? Hilf mir!"
Hazy war längst dem wahren Übeltäter entgegengeschossen und fluchte wie ein Rohrspatz: „Hör auf, Ghastly, du Vollidiot! Was willst du hier?"

Roger Ghastly wich ihr aus und fegte einen Stapel Gespenstermasken von einem Tisch.

Die Verkäuferin blickte Sue irritiert an. *Ist dieses Kind hier wirklich für das Chaos verantwortlich?,* fragte sie sich. Da sauste ein Ständer mit Gespensterkostümen auf sie zu. Hazy hatte ihren flinken Widersacher mit einem Hechtsprung verfehlt und die Rollen in Bewegung gesetzt.

„Dumme Poltergeistziege!“, lästerte Roger und schwirrte durch die Etage. Er schüttelte züngelnde Flämmchen aus den Ärmeln seines pechschwarzen Gewandes, die einen Moment durch die Luft hüpften, ehe sie verloschen. Der Geruch verbrannter Grillkohle waberte durch die Etage.
„Was ist los, Hazy?“, brüllte Sue, worauf die Verkäuferin sagte: „Mein Kind, du musst vollkommen verrückt sein! Mit wem sprichst du denn dauernd? Was treibst du hier?“ Dann lief sie zum nächsten Haustelefon und informierte den Sicherheitsdienst.
„In der Halloween-Abteilung wartet eine wild gewordene kleine Kundin auf sie. Und irgendetwas schmort hier. Vielleicht eine elektrische Leitung. Bitte beeilen Sie sich!“, hörte Sue die Frau sagen. Sie stand verdutzt und wie angewurzelt auf der Stelle und hielt nach Hazy Ausschau.

„Verschwinde! Halloween zu verderben ist die Aufgabe von Tacitus, Foggy und mir!“, baute sich Hazy vor Roger auf. „Und es ging nur um eine Party! Du bist wahnsinnig, Roger, hier Randale zu schlagen!“
Wütend ließ sie es Poltern und Krachen, dass es jedermann im Gebäude hören konnte. Einige Kunden verließen beunruhigt das Spielzeugkaufhaus.
„Das denkst du! Ihr seid viel zu blöd für solche Missionen. Deshalb haben sie mich hinterhergeschickt!“ Roger Ghastly lachte dreckig.
„Niemals! Das ist nicht wahr!“, gab Hazy zurück und trat Roger vors Schienbein.

Sue entnahm Hazys Worten, dass ein anderer Geist aufgetaucht sein musste und die Situation deshalb aus dem Ruder lief.
„Hazy, wir müssen auf der Stelle fort von hier!", kreischte sie aufgreregt und lief auf den Poltergeist zu.
„Na, hilft dir jetzt deine Menschenfreundin?", keifte Roger und spuckte angeekelt vor Hazy auf den Boden. Dann erhielt Sue aus dem Nichts einen Tritt in den Hintern.
„Das wirst du bereuen, Ghastly!", knirschte Hazy zornig.
„Das glaube ich nicht, bis bald", widersprach Roger triumphierend grinsend und schleuderte einen Plastikkürbis in ihre Richtung, der zwischen Hazy und Sue aufschlug. Zum Abschluss schüttelte der Geist einen ganzen Stoß Flammen aus den Ärmeln seines pechschwarzen Gewandes. Ein breites Grinsen durchzog sein rotes Gesicht. Wortlos verschwand Roger Ghastly in einem Lüftungsschacht an der Decke, noch ehe Sue begriff, was ihr gerade widerfahren war.
„Hier riecht es verkohlt", rümpfte sie die Nase und blickte sich unsicher um.
„Roger ist ein Feuergeist. Er kommt aus einer ganz fiesen und hitzigen Familie, daher hat er auch sein blödes, rotes Gesicht", erklärte das Geistermädchen.
„Ein Feuergeist?", fragte Sue verwundert.
„Ach", fiel Hazy dann ein, „du konntest ihn ja gar nicht sehen. Sei froh!"
„Jetzt nichts wie raus hier!", sagte Sue und packte Hazy. Als sie zur Rolltreppe stürmten, war es zu spät. Ein Halbkreis Schaulustiger starrte Sue belustigt an und blockierte den

Weg. Auch die Verkäuferin näherte sich und deutete auf das Mädchen: „Die da ist es!"

„Was hast du dir denn dabei gedacht, unseren Laden zu verwüsten?", herrschte der Kaufhausdetektiv sie an und schnappte Sue am Ärmel.

„Ich habe überhaupt nichts mit diesem Durcheinander zu tun. Das müssen sie mir glauben!"

„Außer dir war niemand hier oben. Wer soll es sonst gewesen sein?", schimpfte die Verkäuferin. „Spar dir deine Geschichtchen für die Polizei!"

Sue fuhr zusammen.

Der Detektiv lockerte seinen Griff an Sues Ärmel. „Die Polizei brauchen wir nicht, sofern du ruhig bleibst. Wir benötigen deinen Namen, deine Adresse, Telefonnummer und so weiter. Wenn wir die Überwachungsvideos ausgewertet haben, kontaktieren wir deine Eltern. Bis dahin wissen wir auch, auf welche Summe sich der angerichtete Schaden beläuft. Hausverbot hast du selbstverständlich auch ab sofort!"

Kleinlaut gab Sue die geforderten Informationen und beteuerte abermals ihre Unschuld. „Sie werden es auf den Videos sehen. Ich habe nichts getan!", schloss sie.

Zu ihrer Überraschung ließ man sie fürs Erste gehen.

„Was für ein bescheuerter Tag!", seufzte Sue auf der Rolltreppe. Niedergeschlagen begaben sich die beiden Mädchen auf eine äußerst stumme Rückreise nach Greenwich.

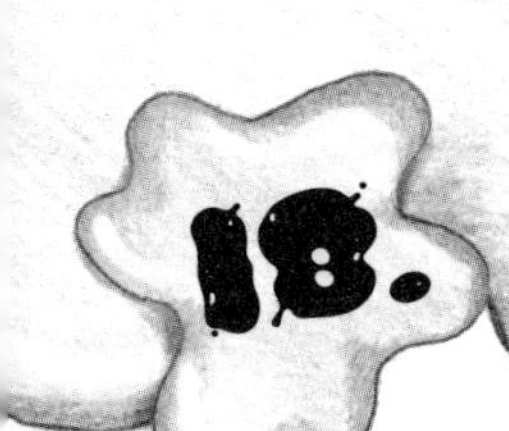

18. Neuer Wirbel um einen fliegenden Teppich

„Haben wir erste Nachrichten von Roger Ghastly?" erkundigte sich Professor Wise bei seinen Kollegen, die sich in seinem Büro versammelt hatten.

„Sein Transfer hat reibungslos geklappt", verkündete Insomnia Flask.

„Ich habe nichts anderes erwartet, meine Liebe. Immerhin gibt es hunderte geheimer Ampelanlagen in London, über die wir in die Menschenwelt einreisen können. Eigentlich vermitteln wir das ja erst im zweiten Jahr der Ghostkids-Ausbildung. Aber in unserer Notsituation schien es mir der einfachste Weg, um Roger direkt zu den dreien zu bringen."

„Gewiss, aber es erfordert Geschick, und man muss den passenden Moment abwarten. Schließlich können wir Geister nur während der Gelbphase in die Menschenwelt reisen."

„Sehen Sie, Roger ist zuverlässig und wird uns keine Scherereien machen", behauptete Swivelly Antisepticus stolz.

„Sie haben ihn ja auch gut vorbereitet", lächelte der Direktor.

„So weit das in der Kürze der Zeit möglich war. Aber er gehörte schon im vergangenen Schuljahr zu meinen besten Schülern und hat nicht umsonst erste Ghostkids-Probeaufgaben hervorragend gelöst!" Die Dozentin für Putzteufelei genoss es sichtlich, dass ihr Zögling in Greenwich ins Geschehen eingriff.

Da erhob sich Professor Swindle mit ernstem Gesichtsausdruck und erklärte: „Ich trübe die gute Laune nur ungern.

Mir wurde allerdings gemeldet, dass Roger sich zurzeit nicht in Greenwich befindet. Stattdessen hat er in der Halloween-Kostümabteilung von Hamleys Spielwarenkaufhaus gewütet. Dabei gab es einen ärgerlichen Zwischenfall mit Fräulein McMazy, ich warte noch auf genaue Berichte."

„Ich habe immer gewusst, dass Ghastly ein unberechenbarer Hitzkopf und für solche Aufgaben völlig ungeeignet ist!", flötete Insomnia Flask beinahe amüsiert.

„Papperlapapp! Er nimmt die Sache mit Halloween eben ernst, wie es sich für einen ordentlichen Geisterschüler gehört. Was Fräulein McMazy dort zu suchen hat, ist wohl eher die Frage!", gab Professorin Antisepticus scharf zurück. „Lassen Sie uns die drei Versager umgehend zurückholen. Ihre Mission ist gescheitert!"

„Auch wenn ich mich wiederhole, so bleibt mein Standpunkt, dass Tacitus, Foggy und Hazy eine zweite Chance verdient haben. Lassen wir die drei ihren Transporter wiederfinden! Und warten wir ab, was in diesem Kaufhaus tatsächlich geschehen ist, ehe wir den Stab über sie brechen“, antwortete Aetherius Swindle.
Der Direktor nickte wohlwollend.
Swivelly Antisepticus blieb unnachgiebig. Patzig ergänzte sie: „Was immer Sie entscheiden, ich finde, wir sollten fortan auf Roger Ghastly setzen. Er ist voller Tatendrang und scheint seine Aufgaben zielstrebig anzugehen. Es ist doch wunderbar, dass er diese abscheulichen Halloweenkostüme durcheinandergewirbelt hat.“
„Ich denke, wir geben den drei Prüflingen noch 48 Stunden, anschließend holen wir sie mit oder ohne ihren Transporter zurück“, entschied Sophisticus Wise. Freudig fügte er an: „Bei der Überprüfung unseres Gebäudes sind wir übrigens auf keinen Unbefugten gestoßen. Wir können Entwarnung geben. Ich vermute, die Messinstrumente haben falschen Alarm gegeben.“
Unruhig rutschte Insomnia Flask auf ihrem Stuhl herum und bekannte zerknirscht: „Ich fürchte, ich habe Ihnen hierzu etwas mitzuteilen.“
Erstaunte Blicke richteten sich auf die Professorin.
„Ich habe es eben erst gemerkt, dass einer der streng geheimen Transporter aus meinem Büro entwendet wurde. Jemand muss in den frühen Morgenstunden nach Roger Ghastlys Abreise in meine Räumlichkeiten eingedrungen sein.“

„Nicht möglich! Um welchen Transporter geht es?“, entfuhr es Professor Wise.
„Mein fliegender Tarnkappenteppich aus Indien fehlt!“
„Den haben Sie sicher nur verwühlt!“, schimpfte Swivelly Antisepticus. „Ich weiß doch, wie es bei Ihnen aussieht, keine Spur von Ordnung und Sauberkeit!“
Beunruhigt hakte Direktor Wise nach: „Insomnia, wie soll jemand in Ihre Räume gelangen, unsere Büros sind doch gegen normale Geisterangriffe geschützt.“
„Ich fürchte, ich habe nach Roger Ghastlys Abreise nicht abgeschlossen. Ich war todmüde, da muss ich es vergessen haben“, gestand Insomnia Flask.
„Das ist eine unentschuldbare Pflichtverletzung!“, schoss Professorin Antisepticus von ihrem Platz hoch.
Sichtlich erschüttert wandte sich Professor Wise weiter an seine bemitleidenswerte Kollegin: „Insomnia, diese Teppiche sind streng geheim. Außer uns weiß niemand, wie sie zu bedienen sind. Wer sollte einen Nutzen von Ihrem Teppich haben?“
„Die Gebrauchsanweisung war wohl nicht unter Verschluss. Sie wurde ebenfalls entwendet.“ Insomnia Flask sackte zusammen.
„Dann scheinen die Dinge außer Kontrolle geraten zu sein. Liebe Kollegen, wir haben ernsthafte Probleme!“

19. Herzliche Grüße aus dem British Museum!

Das Glöckchen der Eingangstür läutete, als der ältere Herr in der Seemannsuniform den kleinen Antiquitätenladen im Herzen Greenwichs betrat. Er begab sich zum Tresen, legte ein Bündel darauf ab und sagte: „Herzliche Grüße aus dem British Museum!“

„Sehr gut, Miller!“, strahlte Piet van Heynsbergen, der sein Lädchen hier seit Jahren betrieb.

„Meine Jungs arbeiten zuverlässig“, lachte Miller. „Das weißt du doch, Piet.“

„Und ob ich das weiß!“ Der Trödler ging eilig zur Ladentür und verschloss sie.

„Nicht so nervös, Piet! Wieso sollte uns jemand auf die Schliche kommen? Ich habe alles im Griff.“

„Dann pack mal aus, Miller!“, verlangte van Heynsbergen nervös.

Vorsichtig wickelte der ältere Mann die geschnitzte Maske aus ihrer Verpackung.
„Hervorragend, Miller", strahlte der Antiquitätenhändler. „Damit wären es zwei. Fehlt nur noch eine. Wann kannst du liefern?"
„Das Ding im British Museum vergangene Nacht zu drehen, war die schwierigste Aufgabe. Nummer drei haben wir bis morgen Abend. Ich hoffe, du kannst pünktlich zahlen!"
„Bleib ruhig, Miller, oder habe ich unsere Vereinbarungen jemals nicht eingehalten? Bring die Maske zügig her, damit ich die heiße Ware loswerde. Mein Auftraggeber wartet bereits ungeduldig."
„Wenn du mir zehntausend für die drei Masken zahlst, möchte ich nicht wissen, was dein Auftraggeber dafür berappt!"
„Schön, dass du es nicht wissen willst", erwiderte van Heyns-bergen schnippisch. „Ist nämlich mein Betriebsgeheimnis."
„Aber eins musst du mir verraten, Piet. Wieso ist überhaupt jemand so heiß auf diese drei Masken? Schön sind sie nicht und lediglich aus altem Holz."
„Was weiß ich. Da steckt irgendeine Legende dahinter. Magische Fähigkeiten sollen die Masken angeblich besitzen. Kompletter Unfug, wenn du mich fragst."
„Meinst du? Klingt auf jeden Fall spannend!"
„Deine Reaktion überrascht mich nicht, du rennst ja auch nachts durch Greenwich und erzählst Geistergeschichten. Mich interessiert der Blödsinn rein gar nicht. Hauptsache, die Ware ist morgen hier! Und jetzt Schluss mit der Quatscherei! Sieh zu, dass du die dritte Maske beschaffst!"

20. Eine spannende Legende

„Foggy, pass doch auf!", moserte Tacitus. „Dauernd rempelst du mich an."
„Stimmt überhaupt nicht, aber mich hat auch jemand angestupst."
Foggy, Tacitus, Sam und Michael hielten auf dem Weg am Ufer des Kanals an und wandten sich um.
„Merkwürdig. Hier ist niemand außer den Leuten dort hinten", wunderte sich Foggy.
„Ich habe trotzdem schon eine Weile das Gefühl, dass wir nicht allein sind", sorgte sich Tacitus.
„Wer sollte uns folgen? Es ist doch niemand Verdächtiges zu sehen", sagte Michael.
„Das ist es, was mich stutzig macht", antwortete Tacitus.
„Ach was. Kommt weiter!", forderte Michael. „Dort vorn liegt die Lucy."

Mr Paxton nutzte den trockenen Novembertag, um das Deck seines Hausboots zu fegen.
„Und dein Grandpa schickt dich, um mir seine Grüße zu überbringen?", grinste er, nachdem Michael sich und seinen Freund Sam vorgestellt hatte. Tacitus und Foggy inspizierten derweil heimlich das Innere des Hausboots. „Das ist wirklich nett. Aber ich sehe es dir an deiner Nasenspitze an, dass du noch aus einem anderen Grund hierhergekommen bist, Michael."

Die Jungen berichteten von den Einbrüchen und den gestohlenen Masken.
„Und Grandpa sagte, Sie hätten die dritte verbliebene Maske. Mr Paxton, vielleicht befinden Sie sich in großer Gefahr!"
Timothy Paxton lachte lauthals. „Das Leben ist immer gefährlich. Bleibt unbesorgt, ich fühle mich sehr sicher auf meinem Boot."
Man mochte es ihm abnehmen, denn Mr Paxton wirkte trotz seines Alters rüstig, und seine Augen versprühten große Lebensfreude. „Soll ruhig jemand hier vorbeischauen und nach meinen Masken suchen", meinte er angriffslustig. „Ich werde nicht um die richtige Antwort verlegen sein!"
„Masken? Haben sie noch andere?", waren Michael und Sam Feuer und Flamme.
Mr Paxton bat sie unter Deck. Foggy konnte noch rechtzeitig eine Schnitzerei an ihren Platz zurückstellen, ehe die Menschen eintraten. Jeder Winkel der Kabine wurde als Ausstellungsfläche genutzt.
„Sie waren wohl häufig in Afrika!", staunte Sam.
„Michaels Grandpa und John haben mich auf zwei, drei Reisen begleitet, ich war noch viel öfter in Afrika. Und ich hatte immer ein Näschen für schöne, preiswerte und außergewöhnliche Stücke."
In einer kleinen Vitrine hing die Holzmaske, um die sich für seine Besucher alles drehte.
„Ist das solch ein außergewöhnliches Stück?", fragte Michael. „Grandpa deutete an, Sie wüssten mehr über die Maske."
„Ich gebe dir recht, das ist ein außergewöhnliches Stück. Besonders, weil die beiden anderen Exemplare, wie ihr sagt,

gestohlen wurden. Als wir die drei Masken in Afrika kauften, wurde uns eine Legende dazu erzählt. Wollt ihr sie hören?"
Die Jungen bejahten aufgeregt. Tacitus und Foggy hockten mit gespitzten Ohren auf einem Regalboden über dem Ausgang zum Deck und brachten Sam und Michael mit ihrem Grinsen in Verlegenheit.
„Die drei Masken stammen von einem Volk aus einem Gebirge Kameruns. Sie wurden im 19. Jahrhundert angefertigt und fielen irgendwann in die Hände weißer Kolonialherren, die ihre Bedeutung nicht zu schätzen wussten. Mehrfach wechselten die Masken ihre Besitzer, und es grenzt an ein Wunder, dass wir alle drei zusammen auf einem Markt in Ghana erwerben konnten. Der Händler berichtete uns schließlich von der Legende der Bambouto-Masken."
„Bitte erzählen Sie uns davon! Was genau macht die Masken denn so bedeutsam?" Michael hielt die Anspannung kaum aus.
„Eigentlich ist es kein großes Geheimnis. Vielen kunstvollen Objekten aus Afrika hängt eine magische Bedeutung an. Man benutzte sie früher bei religiösen Zeremonien, zur Abwehr böser Geister" – Tacitus und Foggy horchten auf – „zur Bekämpfung von Feinden, Demonstration der eigenen Macht, oder wenn es darum ging, Krankheiten zu heilen. Immer ging dabei magische Kraft von den Masken auf denjenigen über, der sie trug oder sein Eigen nannte. Und von diesen drei Masken ..." Mr Paxton hielt inne und blickte die Jungen prüfend an: „Möchtet ihr es wirklich wissen?"
„Ja, bitte!", riefen Michael und Sam.

„Von diesen drei Masken, meinte der Händler, gingen ganz besondere Fähigkeiten auf ihren Besitzer über. Sie übertrugen angeblich die Kraft der Totenbeschwörung und schwarzen Magie auf den, der alle drei Masken besaß. Aber lasst euch nicht bange machen. Das ist bloß eine Legende. Allerdings eine, die die Masken rätselhaft und wertvoll macht."

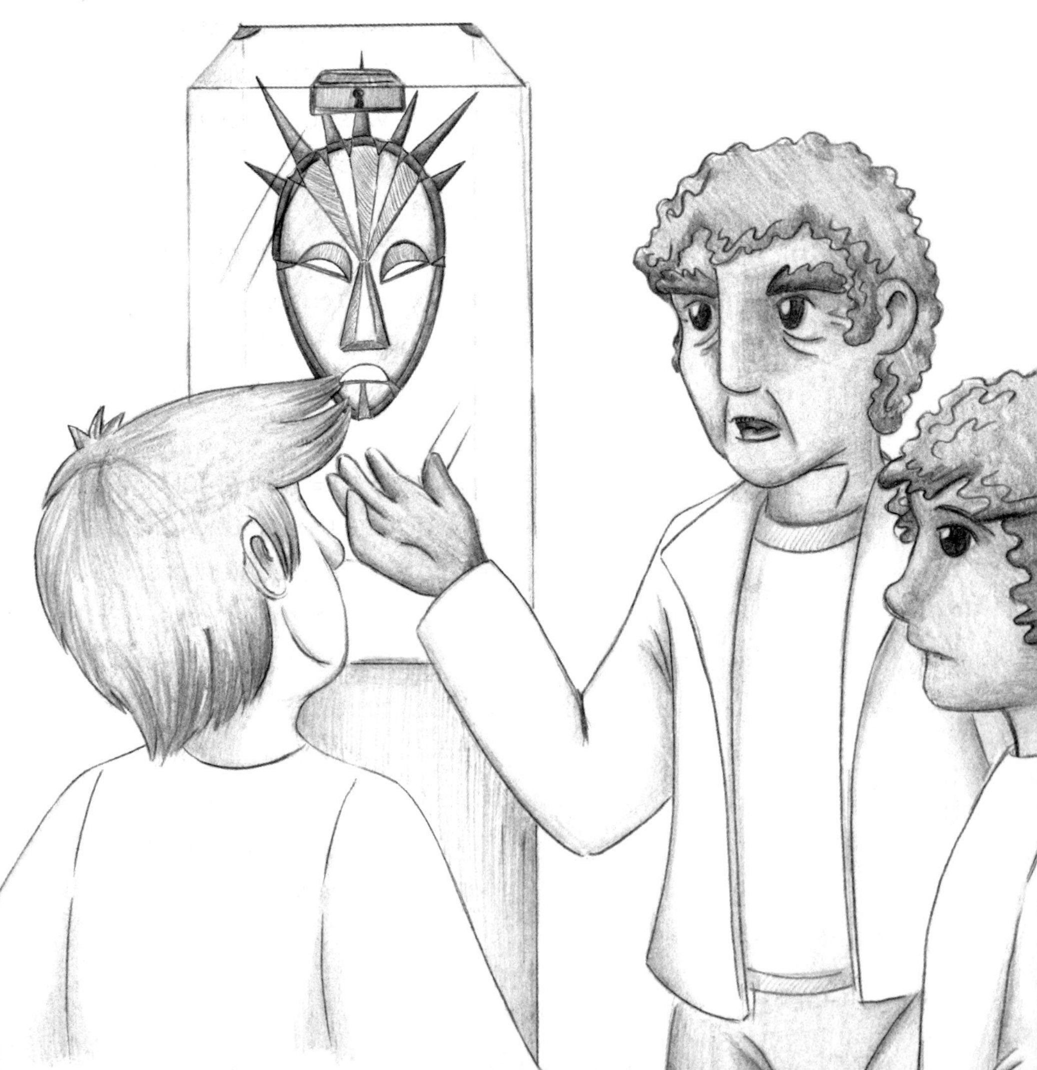

„Was für ein Quatsch!", platzte Michael heraus.
Sam schien stärker beeindruckt und auch die beiden Geister blickten einander nachdenklich an.
„Nenn es, wie du willst. In manchen Gegenden Afrikas ist man jedenfalls davon überzeugt, dass solch magische Einflüsse existieren und dass es mehr gibt, als wir mit bloßem Auge wahrnehmen."
Tacitus und Foggy nickten wohlwollend von ihrem Regalboden herunter.
„Mich beeindruckt diese Geschichte nicht", sagte Michael. „Aber könnte es nicht sein, dass die Diebe, die in Grandpas Häuschen und in das British Museum eingestiegen sind, von der Legende wissen und daher ihre Maske suchen?"
„Ausschließen kann ich es nicht", meinte Mr Paxton gelassen.
„Mr Paxton, Sie sind vielleicht wirklich in Gefahr! Sie brauchen Polizeischutz!"
„Du liest wohl gerne Kriminalgeschichten, Michael. Ich verspreche dir, die Polizei zu rufen, wenn ich in Not gerate. Kann ich noch etwas für euch tun? Ich müsste ansonsten weiter das Deck reinigen."
„Bitte rufen Sie mich an, falls etwas geschieht!" Michael notierte seine Handynummer für Mr Paxton.
„In Ordnung, Michael. Du bist wirklich hartnäckig! Ich gelobe, zur nächsten Telefonzelle zu eilen, sobald sich hier etwas tut."
Michael stutzte. „Telefonzelle?"
„Dachtest du etwa, ich hätte hier irgendeine Art von Telefon?", lächelte Mr Paxton. „Schaut nicht so verdutzt! Danke für euren Besuch, ihr zwei. Und grüß mir deinen Grandpa, Michael!"

Er winkte sie freundlich, aber bestimmt hinaus.
Die Jungen bedankten und verabschiedeten sich, dann verschwanden sie mit Tacitus und Foggy von Bord der Lucy.

Als sie sich in einiger Entfernung befanden, zückte Michael sein Handy und wählte die Nummer der Polizei.
„Ich möchte dringend Inspektor Boyle sprechen", sagte er und wurde weiterverbunden.
„Dezernat für Einbruchsdelikte, Constable Johnson."
Michael erfuhr, dass Inspektor Boyle an diesem Sonntag nicht zu sprechen war.
„Bitte richten Sie ihm aus, dass es einen Zusammenhang zwischen den beiden Einbrüchen gibt. Es geht um die hölzernen Masken. Vermutlich wird es einen weiteren Diebstahl geben", erklärte Michael und berichtete Constable Johnson vom Besuch bei Mr Paxton.
„Ich informiere den Inspektor, sobald er am Montag auf der Dienststelle eintrifft."
„Das ist zu spät!"
„Auch für einen Polizeibeamten gibt es mal ein Wochenende."
„Aber jemand muss doch jetzt zuständig sein."
„Wie du hörst, habe ich gerade Bereitschaftsdienst, Michael. Ich habe alles notiert und leite es weiter. Vielleicht erreiche ich Inspektor Boyle privat. Dann kann er mir eine Einschätzung der Lage aus seiner Sicht geben. Ich garantiere allerdings für nichts!"

„Die Polizei ist blöd!“, grummelte Michael nach dem Gespräch.
„Mr Paxton ist auch nicht viel besser“, meinte Sam. „Niemand nimmt uns richtig ernst!“
„Aber was soll’s, wir müssen einfach selbst weiterermitteln. So macht es Sherlock Holmes auch immer“, fand Michael.
„Da die Spur der Diebe auch zu unserem Transporter führt, müssen wir die dritte Maske im Auge behalten“, sagte Tacitus. „Morgen sehen wir hier wieder nach dem Rechten.“
„Müsstet ihr euch nicht rund um die Uhr auf die Lauer legen?“, überlegte Sam.
„Mr Paxton hat versprochen, im Notfall anzurufen. Wir wissen nicht, ob und wann etwas geschieht. Und wenn er sein Wort hält, erfahren wir sofort, wenn sich etwas auf seinem Hausboot ereignet“, entgegnete Tacitus.
Das stellte die Jungen halbwegs zufrieden. Auf dem Heimweg versorgten Michael und Sam sich und ihre Begleiter in einem Café mit Kuchen und Sandwiches, ehe sie abgekämpft in der Cherry Tree Lane eintrudelten.

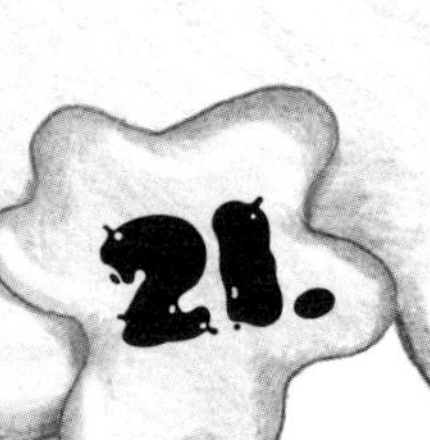

21. Noch mehr schlechte Nachrichten

Dort machten seine Eltern und Sue lange Gesichter.
„Hier sind ein paar unerfreuliche Anrufe eingegangen", begann Mr Doodle. „Inspektor Boyle hat sich gemeldet und geschimpft, ihr brächtet euch noch in ernsthafte Gefahr. Er bittet darum, die Suche nach Grandpas Truhe der Polizei zu überlassen und nicht durch eigene Detektivspielchen zu erschweren. Welchen Floh hat euch Grandpa mit dem alten Paxton und seinen Märchen bloß ins Ohr gesetzt?"
Michael machte seinem Ärger über die Polizei lautstark Luft. Es half aber alles nichts. Letztendlich musste er seinen Eltern versprechen, sich nicht weiter um die Angelegenheiten der Polizei zu kümmern.
„Ich gehe dann mal nach Hause", machte sich Sam angesichts der dicken Luft aus dem Staub.
Der Geschäftsführer von Hamleys Spielzeugwelt hatte sich ebenfalls telefonisch bei den Eltern gemeldet. Zwar konnten die Überwachungskameras Sue keine Schuld an den Beschädigungen in der Kostümabteilung nachweisen, für die es noch keine eindeutige Erklärung zu geben schien. Doch bat man die Doodles eindringlich, ihre Tochter nicht mehr unbeaufsichtigt in das Spielzeugkaufhaus zu lassen.
„Ich habe mich nur nach Geburtstagsgeschenken umgesehen", verteidigte sich Sue hilflos. „Ich weiß auch nicht, was dort passiert ist. Und ich finde es unfair, wie sie mich behandelt haben."

Die Stimmung blieb gedrückt, als die Kinder später mit den Geistern in Michaels Zimmer zur Lagebesprechung zusammenkamen.
„Roger Ghastly ist hier?“, erschraken Foggy und Tacitus, als Hazy von den Vorgängen im Spielzeuggeschäft erzählte. „Dann haben uns die Dozenten in Cambridge fallengelassen.“
„Ist das eine Überraschung nach der Sache mit dem Essen und dem Transporter?“, grummelte Hazy.
„Die Show, die dieser Ghastly im Kaufhaus abgezogen hat, war doch völlig unsinnig“, urteilte Michael. „Da er sich nicht zu seinen Taten bekannt hat, weiß doch kein Mensch, was das Ganze sollte. Die Leute im Kaufhaus werden sicher nicht darauf kommen, dass es in Cambridge eine Akademie gibt, die wild gewordene Geister zu uns Menschen schickt, um Halloween zu stören.“ Die Geister schauten ihn nachdenklich an. „Und wenn ich mich selbst so reden höre, klingt es auch alles völlig unvorstellbar. Es wird euch nicht einmal jemand glauben, falls ihr eure Taten gesteht.“
Tacitus, Foggy und Hazy blickten skeptisch drein.
„Ich fürchte, Roger folgt uns längst auf Schritt und Tritt“, meinte Tacitus. „Da war jemand bei uns, als wir zu Mr Paxtons Hausboot gingen. Ich begreife allerdings nicht, weshalb wir Geister ihn nicht sehen konnten.“
„Da sie ihn hinter uns hergeschickt haben, verfügt er womöglich über eine Zusatzausrüstung?“, spekulierte Hazy.
„Vielleicht handelt es sich bei dem Wesen, das uns verfolgt, gar nicht um diesen Roger Ghastly. Ihr Geister scheint in unserer Welt viel gegenwärtiger zu sein, als es uns und euch bewusst

ist. Habt ihr euch zum Beispiel schon einmal gefragt, wie eure Lehrer an die Einladungskarte für meine Party gelangt sind? Wer hat die beschafft? Wieso habe ich es nicht bemerkt? Wer geistert hier noch alles herum und wieso?", fragte Michael.
Die drei Geisterschüler zuckten ratlos mit den Achseln.
„Das wissen wir auch nicht. Solange man kein richtiges Ghostkid ist, bleibt einem manches verborgen", räumte Tacitus ein. „Dass uns jemand beobachtet, steht für mich jedoch felsenfest! Und schlimmer als mit Roger Ghastly könnte es uns nicht treffen. Wir müssen auf alles vorbereitet sein."
„Du bist ja lustig! Wie soll es deiner Meinung nach überhaupt weitergehen?", wollte Sue wissen.
„Wir können hier nicht ewig bleiben", antwortete Tacitus. „Ich hoffe, dass wir in den kommenden Tagen den entscheidenden Hinweis auf den Verbleib unseres Transporters erhalten."
„Schade, dass wir morgen wieder zur Schule müssen", bedauerte Michael. „Da müsst ihr wohl ohne uns weitersuchen ... Oder vielleicht ...", murmelte Michael, „komme ich auch mit. Mir fällt schon noch etwas ein."
„Bist du verrückt?", meckerte Sue. „Willst du etwa die Schule schwänzen?"
„Quatsch hier nicht so rum. Als wenn du das nicht auch machen würdest."

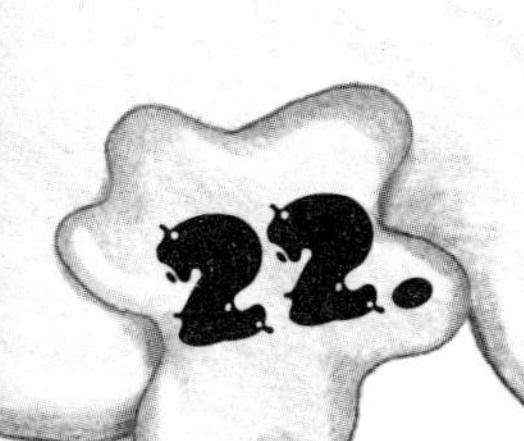

22. Die Verfolgungsjagd beginnt

„Ruh dich aus, Michael. Und trink von dem Tee. Der beruhigt den Magen“, sagte Mrs Doodle am Montagmorgen, als sie die dampfende Tasse auf einem Tischchen neben Michaels Bett abstellte. „Es ist kein Wunder, dass du nach dem aufregenden Wochenende Bauchweh hast. Du wirst sehen, heute Abend geht es dir wieder gut.“

„Bestimmt, Mum“, antwortete Michael möglichst gequält.

Unten grummelte Sue „Bauchweh! Dass ich nicht lache!“ vor sich hin und knallte die Haustür hinter sich zu.

„Jetzt muss ich wirklich los, mein Schatz. Ruf an, wenn es dir schlechter gehen sollte.“ Mrs Doodle gab Michael einen Kuss und machte sich auf den Weg ins Büro.

Sein Dad hatte das Haus bereits verlassen.

„Sturmfreie Bude!“, rief Michael kurz darauf, hüpfte aus dem Bett und hockte sich in den Kreis der Geister auf den Teppich. Draußen strahlte die Sonne vom Himmel und schien alle düsteren Gedanken vertrieben zu haben. Voller Tatendrang planten sie den Tag. „Heute Nachmittag holen wir Grandpa ab und trinken im Häuschen an der Themse Tee. Bis dahin habe ich Zeit. Meine Mum glaubt, ich hätte Bauchweh von all der Aufregung. Und Sue kommt erst um kurz vor drei aus der Schule“, erklärte Michael.

„Dann nichts wie los!“ Hazy sprang sofort auf.

Um Viertel nach zehn waren auch alle anderen startklar. Zahlreiche Spaziergänger schlenderten den Fußweg am Kanal entlang, als sie endlich Little Venice erreichten. Bald näherten sich Tacitus, Hazy, Foggy und Michael der Lucy und erblickten plötzlich zwei Männer, die von Bord des Hausboots gingen.
„Komisch", meinte Michael. „Mr Paxton ist nicht zu sehen. Was wollten die beiden dort?"
„Ich denke, das sollte uns klar sein. Schaut, die haben einen Rucksack bei sich. Los!", rief Tacitus und fing an, durch die Spaziergänger hindurchzurennen.
Die beiden Fremden entfernten sich in die andere Richtung und waren bemüht, kein Aufsehen zu erregen.
„Kommt! Als Erstes müssen wir schauen, was an Bord los ist!", keuchte Tacitus, der vorauslief.
Unter Deck fanden sie Mr Paxton geknebelt und an den Händen gefesselt. Michael befreite ihn zügig.
„Der Himmel schickt dich, Junge!" Der alte Mann schnappte nach Luft. „Sie haben meine Maske! Zwei junge Männer! Dein Freund und du, ihr hattet das richtige Gefühl!"
Michael nickte und fragte: „Kann ich Sie hier allein lassen?"
„Was hast du vor?"
„Ich möchte wissen, wohin die Kerle sich davonmachen. Rufen Sie bitte die Polizei."
„Oh ja, sofort! Aber ist das nicht zu gefährlich, Michael? Und musst du denn heute gar nicht in die Schule?"
„Fällt heute aus. Machen Sie sich keine Sorgen."
Michael und die Geister nahmen die Verfolgung der Diebe auf, die ihnen bereits ein ganzes Stück voraus waren.

Doch sie konnten den Abstand verkürzen, da die beiden Männer noch immer betont unauffällig zwischen den Spaziergängern am Kanal entlangschlenderten.
Sie hatten die Flüchtenden fast erreicht, als Michael „Halt! Stehen bleiben! Haltet die Diebe!" schrie.
Das war ein Fehler. Wie vom Blitz getroffen rasten die Gauner davon und ihre Verfolger hatten Mühe, ihnen auf den Fersen zu bleiben.
„Ich habe Seitenstiche", keuchte Foggy und auch Hazy schnaufte erschöpft. Egal ob sie rannten oder schwebten, dieses Tempo konnten sie nicht länger durchhalten.
„Kommt langsam hinterher!", rief Tacitus. „Michael und ich versuchen, ihre Spur nicht zu verlieren. Schau, Michael, sie biegen nach links ab."
Foggy und Hazy trotteten hinterher, während Tacitus und Michael durch ein Gebüsch flitzten, eine Straße kreuzten und schließlich sahen, wie die Diebe auf das Gelände eines Schrottplatzes stürmten.

Michael und Tacitus warteten auf ihre Freunde und überlegten, wie sie den Männern unbemerkt folgen konnten.
„Sie werden nur dich sehen, Michael. Das wird nicht ungefährlich!", warnte Tacitus.
„Ist mir klar, aber wir holen uns die Maske zurück!"
„Und die übrigen Masken! Und den Transporter!", schnaubte Hazy entschlossen, als sie das Schrottplatzgelände durch ein Loch in der Mauer ausspähte. „Die müssen sich in die große Halle dort verdrückt haben", sagte der Poltergeist und

deutete auf ein schäbiges Gebäude inmitten eines Haufens aus Altmetall.
„Wir sollten ihnen einen Besuch abstatten. Ich vertraue auf euch!", meinte Michael entschlossen.
„Wir unterstützen dich mit allem, was wir tun können!", bestärkten ihn die Geister und folgten Michael auf das Gelände. Als sie sich auf wenige Meter an das Tor der Halle herangepirscht hatten, heulte im Inneren ein Motor auf. Sie hörten, wie ein Tor aufschlug und ein alter VW-Käfer auf der anderen Seite aus dem Gebäude ratterte.
„Mist! Es gibt zwei Ausgänge. Sie fliehen!", brüllte Michael.
Sie folgten den Flüchtenden quer durch die Halle und mussten hilflos mit ansehen, wie der Wagen vom Gelände auf die Straße abbog und verschwand.
„Ich fasse es nicht!", ließ sich Michael frustriert zu Boden fallen. „Wir hatten sie fast und dann entwischen sie uns in dieser stinkenden Rostlaube!"
„So, Jungen und Mädel! Mir scheint, ihr braucht ein wenig Unterstützung!", ertönte eine Stimme über ihnen. Neben Michael wirbelte Staub auf, mittendrin tauchte ein Junge auf einem fliegenden Teppich auf.
„Billy!", staunten die Geister nicht schlecht. „Du bist wirklich ein Teufelskerl!"
„Bist du uns seit gestern gefolgt?", fragte Tacitus erleichtert.
„Exakt! Aber quatschen können wir, wenn wir die Kerle geschnappt haben. Bitte einsteigen und anschnallen!", lachte Billy. „Alles klar zum Rundflug mit Insomnia Flasks streng geheimem Tarnkappenteppich?"

„Ich auch?“, fragte Michael verwirrt und blickte den Windgeist ungläubig an. „Und wieso kann ich dich eigentlich sehen? Du hast doch nichts von meinem Essen ...“

„Ha, diese Regeln sind Schnickschnack für unerfahrene Geisterschüler. Was ich alles im Handbuch dieses Transporters gelesen habe, glaubt ihr mir sowieso nicht! Mit dem Ding kann man nicht nur zwischen unseren Welten pendeln, sondern es fliegt auch in der Menschenwelt, wohin man möchte. Dabei tarnt man den Teppich und alles, was sich darauf befindet, oder man enttarnt sich komplett. Dann sieht einen allerdings jeder, also auch du, Michael, und die Diebe.“

„Billy, wir müssen los!“, drängte Hazy.

Sie hüpften auf den Teppich. Billy griff die Steuerung, aktivierte die Tarnung und sie folgten dem VW-Käfer auf seiner Flucht durch die Straßen Londons.

„Die rasen nach Osten!“, japste Michael, der Mühe hatte, sein Gleichgewicht auf dem fliegenden Teppich zu halten. Eisiger Wind pfiff um seine Ohren. Aber es war ein herrliches Abenteuer ...!

23. Foggys großer Moment

Sue schleuderte ihre Schultasche in den Hausflur und stapfte in Michaels Zimmer hinauf. *Wie unfair,* dachte sie. Ihr Bruder hatte die Bauchwehnummer tatsächlich durchgezogen und war mit den Geistern verduftet, während sie in der Schule gehockt hatte. Michael war immer noch unterwegs, und jeden Moment musste ihre Mutter von der Arbeit zurückkommen. Das roch nach Ärger. Nichts wie weg!

Missmutig verließ sie das Haus und durchquerte kurz darauf Greenwich Park. Sie war wütend, dass sie nicht mit nach Little Venice gekonnt hatte.

Die Sonne schien und sie beschloss, sich ein Eis zu kaufen. Sue wollte gerade die Straße zum Eisladen überqueren, als ein VW-Käfer mit quietschenden Reifen neben ihr auf dem Gehweg bremste. Die Türen flogen auf und ein älterer sowie zwei jüngere Männer stiegen zügig aus, wobei einer von ihnen Sue umstieß.

„Aua! Können Sie nicht aufpassen?“, beklagte sie sich und fühlte nach ihrem rechten Knie, auf das sie gestürzt war.

„Halt's Maul, blöde Göre!“, fuhr einer der Kerle sie an und eilte mit seinem Rucksack in Piet van Heynsbergens Antiquitätenladen, vor dem das Auto parkte. Der andere Mann folgte ihm, während der ältere Herr Sue aufhalf, sich umblickte und den Passanten zurief: „Es ist alles in Ordnung! Ich kümmere mich um das Kind!“

Sue stützte sich einen Augenblick an der Hauswand ab.
„Brauchst du einen Arzt?", fragte der Herr nervös. Er trug eine Seemannsuniform und lächelte Sue verlegen an.
„Ich glaube nicht. Aber man muss aufpassen, wenn man aus dem Auto aussteigt!"
„Das stimmt. Entschuldige bitte! Hier hast du zehn Pfund. Geh und kauf dir etwas Schönes!" Er steckte Sue den Geldschein zu. Etwas durcheinander nickte sie und versuchte, ein paar Schritte zu gehen. Ihr Knie zwickte, aber sie stand wieder sicher auf den Beinen.
„Warte einen Moment hier", meinte der Herr. „Ich gehe in den Laden und rufe dir ein Taxi nach Hause."
Dann betrat Mr Miller das Geschäft.

„Da ist Sue, direkt neben dem Käfer!", erschrak Michael, als sie nach einer langen Verfolgungsjagd im Anflug auf den Antiquitätenladen waren. „Schnell, wir müssen runter zu ihr!"
Der fliegende Teppich setzte hart neben Sue auf.
„Auf die Schnelle kann ich nur komplett enttarnen!", warnte Billy.
„Ist in Ordnung, darauf kommt es auch nicht mehr an", stimmte Tacitus zu.
Mit einem Schlag waren alle Geister, Michael und der Teppich für jedermann sichtbar.
„Was sind das denn für welche?", witzelten ein paar Jugendliche, die vor dem Eisladen standen. „Halloween war doch letzte Woche!"
Ansonsten nahm sie niemand sonderlich im Gewimmel des Montagnachmittags wahr.

Rasch rollte Billy den Teppich ein.
„Hazy, bring Sue in Sicherheit, bevor es ungemütlich wird", rief Michael. Er blickte in den Laden. „Die sitzen in der Falle!", freute er sich. „Hier gibt es hoffentlich keinen Hinterausgang."
Foggy, Billy und Tacitus strahlten, während Hazy Sue ein Stück beiseite zog und begann, ihr zu erklären, was gerade vor sich ging.
Michael zückte sein Handy und alarmierte die Polizei.

Im Laden wütete Piet van Heynsbergen. „Nicht so auffällig, ihr Vollidioten!" und „Armleuchter!" hörte man ihn schreien. Die Diebe hatten Mr Paxtons Maske auf den Tresen gelegt und blickten drohend durch die Fensterscheiben hinaus. Mr Miller wies sie an, sich zurückzuhalten. Da waren ihm zu viele Schaulustige vor dem Laden.
„Müsst ihr hier wie die Irren vorfahren und alle Welt auf uns aufmerksam machen? Ich dachte, ihr wärt Profis. Vermutlich steht hier gleich die Polizei im Laden. Aber eins sage ich dir, Miller. Wenn wir auffliegen, musst du die Suppe allein auslöffeln", schimpfte der Antiquitätenhändler weiter. „Das mit den Masken war schließlich deine Idee! Ich habe mit deinen tölpelhaften Kriminellen hier nichts zu tun." Wütend starrte er Millers Männer an, die vor dem Laden für einen kurzen Aufruhr gesorgt hatten.
„Das glaubt dir kein Mensch. Du hast den Käufer für die Masken besorgt!", keifte Mr Miller zurück.
„Dann muss uns Boyle aus der Sache raushauen, falls hier gleich die Polizei auftaucht!"

Wenig später fuhren zwei Streifenwagen vor. Aus diesen stiegen Inspektor Boyle, Constable Johnson und weitere Beamte. Grimmig fuhr Boyle Michael, der noch immer die Ladentür beobachtete, an: „Aus dem Weg! Habe ich deinen Eltern nicht gesagt, dass du deine Rotznase nicht in meine Angelegenheiten stecken sollst?"
Die Geister hatten sich etwas zurückgezogen, als sich die Polizeiwagen näherten.

Die Beamten betraten das Geschäft.
„Mr van Heynsbergen, Mr Miller", begann Inspektor Boyle zögerlich. „Ich verhafte Sie und Ihre Helfer wegen des dringenden Tatverdachts des Einbruchs, Raubs, der Körperverletzung und Hehlerei mit gestohlenen Kunstgegenständen."

„Boyle, du spinnst wohl! Jetzt sag deinen Leuten, dass sie sich verziehen sollen, oder glaubst du, du kommst ungeschoren davon?“, schimpfte van Heynsbergen.
„Sparen Sie sich Ihre Unterstellungen! Abführen!“, wies der Inspektor die Beamten an.
„Du bist der dreckigste Lump, der auf Erden herumkriecht, Boyle!“, setzte van Heynsbergen seine Schmähungen fort. „Erst unsere Kohle einstecken und dann den braven Herrn Inspektor mimen, wenn es brenzlig wird. Damit kommst du nicht durch!“
Die anderen drei ließen sich stumm und widerstandslos zu den Streifenwagen geleiten.
„Das wirft ein neues Licht auf Ihre Ermittlungen“, wandte sich Michael süffisant an den Inspektor. „Dafür landen Sie im Gefängnis.“ Der Junge war mit in den Laden geschlüpft und Zeuge der Anschuldigungen geworden.
„Sei du bloß still!“, schmetterte Inspektor Boyle zurück.
Einer der anderen Beamten hatte in der Zwischenzeit das Geschäft durchsucht und die drei Masken gefunden.
„Dem da können Sie auch Handschellen anlegen“, wandte Michael sich an den Beamten. „Inspektor Boyle steckt mit den Verbrechern unter einer Decke. Das habe ich genau gehört. Fragen Sie den Ladenbesitzer!“
„Was erlaubst du dir, Bengel? Denkst dir irgendwelche Lügen aus. Ich wusste gleich, dass du nur Ärger machen würdest“, sagte der Inspektor zornig.
Constable Johnson trat an Boyle heran und meinte: „Der Junge scheint die Wahrheit zu sagen. Die Verdächtigen

haben draußen mehrfach wiederholt, dass Sie von den Überfällen wussten. Ich nehme Sie hiermit fest und hoffe, die Dinge lassen sich rasch klären."

„Sind Sie wahnsinnig?", fauchte Boyle. Doch da klickten schon die Handschellen an seinen Handgelenken. „Das werden Sie bereuen!", drohte der Inspektor. „Das wird Ihnen noch leidtun, Sie unfähiger Idiot!" Dann wurde er abgeführt. Michael ging hinterher. „Können Sie mir Grandpas Maske bitte mitgeben?", fragte Michael.

„Das geht leider nicht, mein Junge. Die ist erst einmal als Beweismittel beschlagnahmt. Wenn die Ermittlungen abgeschlossen sind, kann dein Grandpa sie natürlich zurückhaben", erklärte einer der Polizisten.

Dann waren die Streifenwagen und der Wagen der Diebe verschwunden, und der Antiquitätenladen wirkte friedlich und leer.

„Sie haben in der Hektik die Tür offen gelassen!", strahlte Michael. „Kommt mit! Wir müssen Grandpas Truhe suchen."

Die Geister und Menschenkinder huschten hinein. Sue setzte sich auf einen alten Ledersessel mitten im Laden.

Hinter dem Tresen fand Michael eine Klappbox, in der der Inhalt aus Grandpas Truhe mit Ausnahme der Maske ordentlich gelagert war.

„Fantastisch! Es ist fast nichts verlorengegangen", jubelte er. „Nur Grandpas Aufzeichnungen sind nicht dabei. Aber die finden wir bestimmt auch noch! Wie gut, dass die Polizei den Laden nicht so gründlich durchsucht hat."

Von der Truhe fehlte allerdings trotzdem noch jede Spur.

Die Geister machten lange Gesichter.
„Dann müssen wir mit dem Teppich zurück in unsere Welt und gestehen, dass der Transporter futsch ist", sagte Tacitus mit säuerlicher Miene. „Gut, dass du gekommen bist, Billy!"
Weiter hinten im Laden führte eine Treppe hinab in einen kleinen Kellerraum. Von dort zogen unvermittelt feine Rauchschwaden herauf und eine Stimme polterte garstig aus einer dunklen Ecke: „Da liegst du richtig, Twiggs. Den Transporter könnt ihr abschreiben. Erstens habe ich ihn wiedergefunden, und zweitens brennt das Ding wie Zunder. Entschuldigt bitte, aber ich bin ein Feuergeist, und wenn ich mich zu sehr aufrege, funkt es mitunter."
„Ghastly!" fuhr Tacitus herum und schlug nach seinem heranfliegenden Widersacher. Der taumelte ein wenig, trat ihn zurück und lästerte: „Ich brauchte euch nur zu folgen, um den Transporter aufzustöbern. Ihr Dummköpfe lasst euch so einfach täuschen, ihr hättet mich noch in hundert Jahren nicht bemerkt. Nur die dumme McMazy hat mich erkannt, als sie mich an der Durchführung meines Auftrags im Kaufhaus hindern wollte."
Wütend fauchte ihn Hazy an.
„Da bekommt man es ja mit der Angst zu tun, mein kleiner Poltergeist!", tönte Roger. „Doch leider ist es Zeit, Abschied zu nehmen. Bye bye, meine Lieben, ich muss nach Cambridge, um ins Ghostkids-Einsatzteam aufgenommen zu werden. Wirklich schade für euch! Aber vielleicht nimmt euch der nette Billy per Anhalter auf seinem Teppich mit."
Lachend entschwand der Feuergeist durch die Ladentür.

„Lasst ihn gehen!“, meinte Tacitus. „Auf zum Transporter!“
Sie eilten in den Kellerraum. Dort erwartete sie bereits Foggy. Er war sofort nach unten geeilt, als Roger oben auf der Bildfläche erschien, und hatte die Flammen gelöscht.
„Foggy, du bist ein Schatz!“, herzte ihn Hazy und war über ihren Gefühlsausbruch selbst überrascht.
„Das von dir zu hören, ist doppelt schön!“, freute sich Foggy.
„Das war geistesgegenwärtig von dir, Foggy“, lobte Tacitus. „Ob der Transporter noch funktioniert, müssen wir abwarten.“

„Ach, der ist nur ein wenig verkohlt", lachte Foggy und atmete tief ein. „Riecht richtig gut!"
„Jedenfalls können wir die Truhe bald wieder auf Grandpas Dachboden bringen. Wenn das kein Erfolg ist!", strahlten Michael und Sue.
„Und für die paar Brandspuren lassen wir uns eine Geschichte einfallen!"
„Schon wieder eine!", grinsten die Geister.

Sie verstauten Grandpas Erinnerungsstücke im Transporter und luden ihn vor dem Geschäft auf Insomnia Flasks Tarnkappenteppich.
Zwei Handys piepten.
„Mist! Das sind unsere Eltern!" Sue und Michael lasen ihre Nachrichten.
„Sie fragen, wo ich stecke. Sie denken, ich sei vielleicht beim Arzt und wollen, dass ich mich sofort melde", seufzte Michael.
„Sie wollen mit uns Grandpa abholen und suchen uns", stöhnte Sue.
Tacitus hatte die rettende Idee. „Schreib ihnen, dass es dir besser geht und du gute Nachrichten für sie hast. Sie sollen euren Grandpa allein abholen und euch beide in seinem Häuschen treffen", schlug er Michael vor. „Das wird sie beruhigen, glaub mir." Gesagt, getan.
„Jetzt wird es noch ein bisschen enger, fürchte ich", meinte Billy und deutete auf die Truhe. „Los, steigt auf, es ist höchste Zeit, dass wir verschwinden."

Ruckzuck verschwanden sie unter der Tarnung des Teppichs und flogen im Eiltempo zum Häuschen an der Themse.
Kurz darauf stand Grandpas Truhe wieder auf dem Dachboden.
„So", begann Billy, „den Rest müsst ihr selbst regeln. Ich düse besser nach Cambridge ab und erkunde die Lage."
„Sicher erzählt Roger längst Lügengeschichten über uns", befürchtete Foggy.
„Darauf kannst du Gift nehmen! Aber ich muss erst einmal schauen, ob mir Professorin Flask nicht den Hals umdreht wegen ihres Teppichs und des geheimen Handbuchs."
„Das darf sie nicht!", polterte Hazy. „Berichte ihr, wie du uns damit geholfen hast! Du, nicht Ghastly! Der Kerl wollte den Transporter abfackeln!" Billy nickte stolz.
„Dann tschüss, Billy", meinte Sue. „Oder kann ich dir noch ein Käsesandwich anbieten, damit ich dich weiterhin sehen kann und du mein Diener sein darfst?"
„Nicht nötig", lächelte Billy. „Ich hab das Handbuch zwar bloß überflogen, aber wenn ich es halbwegs richtig verstanden habe, habe ich einen großen Fehler gemacht, als ich euch an Bord ließ. Ich bin mir sicher, ihr könnt weiterhin alle Geister, die mit euch unter der Tarnung waren, sehen."
„Perfekt!", freuten sich die Geschwister.
Sie begleiteten Billy in den Garten. Sorgfältig rollte er seinen fliegenden Teppich aus. Sekunden später hob er ab und entschwand in Windeseile ihren Blicken.
„Gute Reise, Billy! Bis später!", riefen ihm die Geister nach.

Ein Auto bog aufs Grundstück.
„Ich fürchte, unsere Eltern und Grandpa sind im Anmarsch. Das ging ja fix“, staunte Michael.
„Dann viel Spaß. Wir sind schon gespannt, welche Geschichte ihr für sie parat habt“, schmunzelten ihre Geisterfreunde.
„Wirklich eine feine Sache, unsichtbar zu sein“, seufzte Sue.
Die Geister nickten amüsiert mit den Köpfen.
„Hallo, Sue, hallo, Michael“, eilte Mrs Doodle zur Haustür. „Wo wart ihr bloß? Und wie geht es deinem Magen?“ Ihre Kinder trotteten mit geheimnisvoller Miene aus dem Garten heran. Sie begrüßten ihren Grandpa besonders herzlich, ehe Michael strahlend verkündete: „Wisst ihr was? Mein Bauchweh war schon mittags verflogen. Und Grandpas Truhe haben wir auch wiedergefunden!“
„Nicht wirklich! Das gibt es doch gar nicht!“, platzte es aus ihrem Grandpa heraus.
„Und ob! Seht selbst!“
Sie gingen auf den Dachboden. Glücklich betrachtete ihr Grandpa seine Truhe.
„Wie habt ihr das geschafft?“, erkundigte er sich.
Sprachlos lauschten die Erwachsenen, als Michael und Sue ihnen ihre Version der Rettung der Truhe auftischten.
„Das machen sie sehr überzeugend!“, witzelten die Geister, die sich unbemerkt im Hintergrund hielten.
„Ich wollte mir nach der Schule ein Eis kaufen“, erzählte Sue gerade.
„Und ich habe Sue begleitet, weil Sam keine Zeit hatte. Vor dem Antiquitätenladen kam dann ein Wagen vorgefahren,

ein Mann ist ausgestiegen und hat Sue umgerempelt", ergänzte Michael. Sue deutete auf den feinen Riss in ihrer Hose auf der Höhe des rechten Knies.

Mrs Doodle schloss sie besorgt in die Arme.

„Daraufhin habe ich die Polizei angerufen, weil mir das alles so überfallartig zu sein schien", sagte Michael.

„Na, und das, obwohl wir dir verboten hatten, Inspektor Boyle weiter zu belästigen", lachte sein Vater.

„Boyle! Das ist das Allerbeste! Der steckt mit den Verbrechern unter einer Decke!", riefen die Kinder. Und spätestens jetzt schien ihre Geschichte so überwältigend, dass sich niemand an kleinen Ungereimtheiten stieß.

„Es ist eine Schande, wie die Kerle mit meiner Truhe umgegangen sind", seufzte Grandpa und betrachtete die Brandspuren. „Ihr habt sie gerade noch rechtzeitig vor den Flammen gerettet."

„Zwei Fragen habe ich immer noch", sagte Mrs Doodle staunend, als Michael und Sue alles berichtet hatten. „Wie habt ihr die schwere Truhe hier heraufbekommen, und wo ist Grandpas Maske?"

„Ich hab dir doch erzählt, dass einer der Männer mir 10 Pfund gab", begann Sue.

„Bestechungsgeld! Da wusste ich spätestens, dass es Gauner waren!", fuhr Michael prahlerisch dazwischen.

„Und für die 10 Pfund haben wir ein Taxi gerufen. Der Fahrer hat uns dann geholfen, die Truhe hier hinaufzuschleppen", flunkerte Sue weiter. „Die Überraschung ist uns gelungen, nicht wahr?"

„Donnerwetter!“, rief Mr Doodle.

„Die Maske hat die Polizei beschlagnahmt. Das wird noch eine ganz große Geschichte zusammen mit dem Einbruch ins Museum und dem korrupten Inspektor Boyle“, erklärte Michael.

„Und jetzt feiern wir alle den glücklichen Ausgang eures Abenteuers!“, rief Mr Doodle. „Höchste Zeit für Tee und Kuchen!“

„Ach und Michael, über das plötzlich verschwundene Bauchweh reden wir später noch mal“, fügte Mrs Doodle noch hinzu und ging mit Mr Doodle, Sue und Grandpa nach unten. Michael verweilte noch einen Moment auf dem Dachboden.

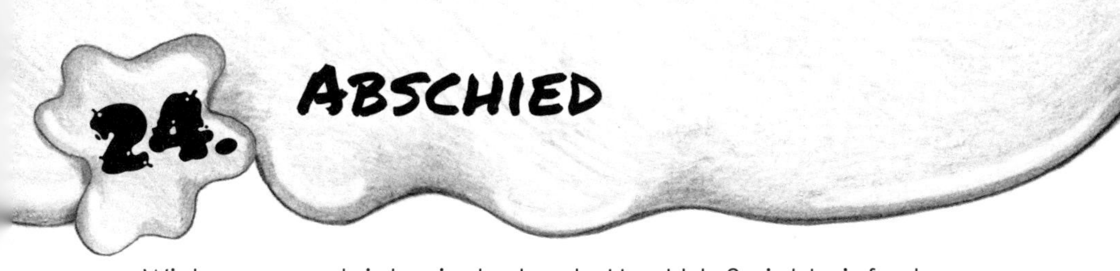

24. Abschied

„Wir kommen gleich wieder hoch. Haut bloß nicht einfach so nach Cambridge ab!", wandte sich Michael leise an die Geister, die vergnügt in der Spitze des Giebels hingen.

Eine halbe Stunde später schlichen Sue und Michael wieder die Treppe hinauf.

Der Abschied fiel schwer. Gern hätten Michael und Sue noch viel mehr mit ihren ungewöhnlichen Besuchern erlebt.

„Werden wir uns eines Tages wiedersehen?", fragte Sue zögerlich.

„Vielleicht, vielleicht auch nicht. Wir müssen sehen, was uns in Cambridge erwartet", antwortete Tacitus.

„Ins Ghostkids-Einsatzteam werden sie uns sicher nicht aufnehmen. Vielleicht werde ich aber als erster Sumpfhausgeist in die Cherry Tree Lane strafversetzt", witzelte Foggy.

Sue fand das überhaupt nicht komisch.

„Lass es gut sein, Foggy", meinte Tacitus. „Sollte es einen Weg geben, doch aufgenommen zu werden, dann finden wir ihn früher oder später."

„Aber passt mir in der Zwischenzeit auf Grandpas Truhe auf", grinste Hazy.

„Und grüßt mir Sam", sagte Foggy. „Der ärgert sich sicher höllisch, dass er den heutigen Tag mit uns verpasst hat."

„Sam, du meine Güte!", rief Michael. „Den habe ich glatt vergessen. Der wird staunen, wenn ich ihm alles berichte!"

„Der meint doch, du seist krank", kicherte Hazy und deutete auf seinen Bauch.
„Ich denke, wir müssen jetzt wirklich aufbrechen", ermahnte Tacitus sie.
„Macht's gut!", wünschten die Geschwister und winkten den Geistern hinterher, die in die Truhe hüpften. Selbst Hazy schniefte gerührt, als sich der Deckel über ihren Köpfen schloss.
„Zurücktreten bitte! Vorsicht bei der Abreise!", drang Foggys Stimme nach außen. „Ähm, wie war noch der Code?"
„Foggy!", knurrten Hazy und Tacitus.
Wenige Sekunden später setzte ein Rumpeln und Rattern im Inneren ein.
„Das ist total irre!", murmelte Michael, als er kurz darauf den Deckel öffnete. Ungläubig blickte er auf den blanken Boden der leeren Truhe und die verkohlten Stellen in den Ecken. „Ja", fuhr er leise fort, als ihm der Geruch des angebrannten Holzes in die Nase stieg, „total irre, aber es ist wirklich passiert!" Und ein Lächeln zog über sein Gesicht.
Schweigend schlenderten Sue und er die Treppe hinunter. Sie waren traurig, aber auch stolz, so ein tolles Abenteuer mit den Geistern erlebt zu haben.

Im Wohnzimmer war ihr Grandpa immer noch völlig aus dem Häuschen.
„Ich habe mir gleich gedacht, dass du nicht eher Ruhe gibst, bis du dem alten Tim Paxton sämtliche Geheimnisse entlockt hast", drückte er Michael freudig an sich.
„Auf mich kannst du dich verlassen, Grandpa!"

„Und auf Sue auch! Ihr seid wunderbare Enkelkinder.“
„Finde ich auch. Auch wenn ihr beiden uns ganz schön auf Trab gehalten habt“, meinte Mrs Doodle. „Jetzt fehlt nur noch die Holzmaske.“
Und die tauchte in den folgenden Tagen zur Freude der Doodles ebenso auf wie Grandpas persönliche Notizen, die ein Polizist in einem Mülleimer hinter dem Antiquitätenladen gefunden hatte. Außerdem erhielten Michael und Sue ein Dankesschreiben von Constable Johnson. Von ihrem „heldenhaften Einsatz bei der Überführung der Antiquitätendiebe und ihres Komplizen bei der Polizei“ war darin die Rede.
Sogar die Lokalzeitung fragte wegen eines Interviews an.

„Nur zusammen mit Sam!", waren sich Michael und Sue einig. Und so erschien wenig später ein Artikel über ihre Nachforschungen zu den gestohlenen Masken mit einem großen Foto der drei Kinder.

Auch Mr Paxton meldete sich nach ein paar Tagen und schaute bei ihnen vorbei.
„Ich war schon lange nicht mehr so weit weg von meiner Lucy", brummte er, als er bei den Doodles eintraf. „Das müsst ihr mir hoch anrechnen." Dann dankte er für seine Befreiung und überreichte den Kindern einen Umschlag. „Hier ist ein Gutschein für euch. Ich hoffe, ihr findet in dem Geschäft etwas, was euch gefällt!"
Michael öffnete den Brief und hielt Sue den Gutschein hin. Erst bedankten sie sich, dann mussten sie schallend lachen.
„Ein Gutschein für Hamleys Spielzeugwelt. Da habe ich gerade Hausverbot!", prustete Sue. „Tausend Dank!"
Verwirrt verabschiedete sich Mr Paxton.
„Ich muss jetzt einen alten Freund besuchen. Wenn ich schon mein Hausboot verlasse, soll es sich lohnen. Soll ich euren Grandpa von euch grüßen?", lächelte er und freute sich auf das Wiedersehen und viele alte Geschichten.

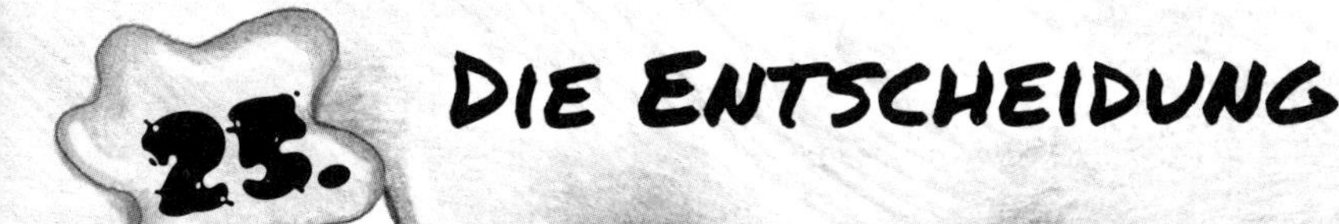

25. Die Entscheidung

„Wie schön, dass die Herrschaften wieder bei uns sind!", höhnte Swivelly Antisepticus, als sie in Professorin Flasks Büro eintrat.

Dort hockten Tacitus, Foggy und Hazy auf dem roten Sofa. Diesmal fühlte es sich wie auf einer Anklagebank an. Die versammelten Professoren postierten sich im Halbkreis vor ihnen, Sophisticus Wise nahm wie ein Richter an Insomnia Flasks Schreibtisch Platz.

„Ich freue mich tatsächlich, euch wohlbehalten hier zu sehen, auch wenn wir eine Menge Fragen an euch haben", begann der Direktor. Verlegen richteten die Geisterschüler ihre Augen auf den Boden und erwarteten das Verhör.

Da klopfte es an der Tür und Billy reckte seinen Kopf in den Raum. Lange war er ängstlich durchs Gebäude gestreift, ehe er den Mut fasste, sich zu stellen.

„Du fehlst uns noch!", stürzte Insomnia Flask auf ihn zu. „Hast du meinen Tarnkappenteppich dabei?"

Billy trat ein und überreichte seiner Lehrerin den aufgerollten Spezialtransporter und das Handbuch. Professorin Flask umarmte den Teppich wie ein Kind seine Lieblingspuppe und herzte in ihrem Glück den verdutzten Billy, dass dieser nach Luft rang. Vom Räuspern ihrer Kollegin Swivelly Antisepticus wachgerüttelt, ließ sie den Jungen los und klagte: „Was habe ich einen Ärger wegen dir gehabt, Billy! Wie konntest du es wagen, meinen Transporter zu stehlen?"

Professor Swindle half seiner Kollegin, den Transporter zu verstauen, während sich Direktor Wise an Billy wandte: „Mr Breeze, das waren fürchterliche Verstöße gegen die Prinzipien unserer Akademie. Setz dich zu den anderen. Es ist Zeit, über euer Verhalten zu sprechen!"
Billy quetschte sich zwischen seine Freunde. Sophisticus Wise fuhr derweil fort: „Wenn ihr vor Gericht wärt, so wären die Anklagepunkte erschütternd. Mit welchen Verfehlungen soll ich beginnen?"
Zunächst blickte er prüfend in die Gesichter von Tacitus, Foggy und Hazy.
„Bruch der elementaren Goldenen Regeln, leichtfertiger Verlust eines Transporters, Zusammenarbeit mit Menschen, deren Feier ihr stören solltet." Betreten blickten die drei auf den Boden.
„Nun zu dir, Billy. Illegales Betreten der Akademie, Diebstahl eines Spezialtransporters samt geheimem Handbuch, illegaler Transfer in die Menschenwelt, verbotene Rundflüge mit Menschenkindern!"
Traurig blickte Billy den Direktor an.
„Die ganze Akademie sollen diese vier Irren schrubben, blitzblank, von oben bis unten, von rechts nach links. Und wenn sie fertig sind, fangen sie von vorne an. Das ist die Strafe, die sie verdienen!", keifte Swivelly Antisepticus dazwischen.
„Professorin Antisepticus' Verärgerung macht euch hoffentlich klar, in welche Gefahr ihr euch und die Geisterwelt gebracht habt", griff der Direktor beschwichtigend ein.

„Offensichtlich habt ihr recht freundliche Menschenkinder kennengelernt, die hoffentlich keine neuen Geschichten über uns Geister erzählen, in denen sie uns lächerlich machen."

„Niemals! Die werden kein Sterbenswörtchen verraten", beteuerte Foggy. „Und überhaupt ist alles nur passiert, weil ich die Leckereien nicht liegen lassen konnte."

„Genau, völlig undiszipliniert, völlig ungeeignet für höhere Aufgaben!", schrie ihn Swivelly Antisepticus an. „Ganz anders als Roger Ghastly!"

Beim Klang des Namens schüttelten sich die Geisterschüler angewidert.

„Zu Ghastly kommen wir im Anschluss“, erklärte Professor Wise kühl.

„Mir imponiert, dass du die Verantwortung übernimmst“, blickte Aetherius Swindle den verunsicherten Sumpfgeist wohlwollend an. „Und dass die anderen ebenfalls die Regel brachen, um dir beizustehen, finde ich ganz ... ganz wunderbar.“ Er hielt inne und blickte in die erstaunte Runde. Professorin Antisepticus schnappte empört nach Luft, die übrigen Dozenten schmunzelten. „Das zeigt, dass ihr den Teamgedanken begriffen habt. Daher denke ich nicht, dass es hier um eine Bestrafung geht.“ Die Gesichter der Geisterschüler hellten sich mit jedem Wort weiter auf.

„Was Sie da reden, ist ungeheuerlich, Herr Kollege!“, wetterte Swivelly Antisepticus.

„Finde ich nicht“, erwiderte der Direktor. „Ich sagte vorhin, *wenn* ihr vor Gericht wärt. Zum Glück seid ihr es aber nicht. Dies ist kein Gerichtssaal, sondern das Büro einer angesehenen Professorin an meiner Akademie. Hier werden Geisterschüler zu noch besseren Geistern ausgebildet.“

„Dann scheine ich fehl am Platz zu sein. Ich bitte darum, mich zu entschuldigen!“, sagte Professorin Antisepticus patzig und rauschte davon. Draußen hörte man sie hysterisch schluchzen, ehe sie auf dem Gang einen anderen Geist traf. „Roger Ghastly, mein Lieber! Alles wird gut!“, hörte man sie kreischen. Verständnislos runzelten die Professoren die Stirn, die Geisterschüler auf dem Sofa rollten entnervt die Augen.

Tacitus dachte über die Worte des Direktors nach. Dann meinte er: „Unsere Sorge ist, dass wir uns durch unser Verhalten die Aussicht auf eine weitere Ausbildung hier verbaut haben."
„Und wie steht es mit mir? Ich habe nicht nur verbotene Dinge angestellt, sondern war schon vorher überhaupt nicht für eine weitere Ausbildung vorgesehen", erkundigte sich Billy mutig.
„Stimmt", lächelte Direktor Wise ausweichend. „Das ist mir wirklich ein wenig unangenehm, Billy."
„Tacitus, wir glauben immer noch an euch", begann Aetherius Swindle. „Ihr habt doch fast alles in Ordnung gebracht und zumindest bei euren Freunden in Greenwich den Ruf der Geisterwelt aufpoliert. Über eure eigentliche Mission müssen wir selbstverständlich noch einmal in Ruhe reden. Das war kein Ruhmesblatt."
„Es ist auch überhaupt keine kluge Aufgabe gewesen", empörte sich Hazy. „Sie müssen selbst einmal in die Halloweenkostümabteilung von Hamleys Spielzeugwelt gehen, da werden sie staunen, wie aufregend es dort ist. Halloween ist ... ist gar nicht übel!"
„Du darfst sicher sein, dass wir uns bei Hamleys bestens auskennen", konterte Professor Swindle. „Schließlich ist unsere geschätzte Kollegin Maxima Cucurbita dort vor einiger Zeit fast als Windlicht verkauft worden."
Die Geisterschüler blickten ihn fragend an.
„Nun, durch ein Missgeschick war sie kurzzeitig sichtbar geworden, während sie die abscheulichen Kürbislaternen untersuchte. Ihr wisst, dass Sie als Gartengeist einen eleganten

Kürbiskopf besitzt. Und sicher begreift ihr nun, dass unser Verhältnis zum Halloween- und Kürbisspuk seitdem deutlich getrübt ist."

Die Freunde schauten sich an und konnten ihr Grinsen kaum unterdrücken.

„Egal", fuhr Hazy dann fort. „Halloween hat doch gar nichts mit uns richtigen Geistern zu tun, lasst den Kindern doch ihre verrückten Vorstellungen von uns!"

„Es ist sowieso nutzlos, die Halloweenfeiern der Menschen zu stören, ohne sich zu erkennen zu geben", setzte Tacitus alles auf eine Karte und hörte in seiner Erinnerung Michael reden. „Auf diese Weise versteht kein Mensch, wer wir sind und was wir wollen. Eigentlich war unsere Aufgabe ...", er stockte und nahm all seinen Mut zusammen, „feige!"

„Was schwatzt du da, mein Junge? Ich falle gleich in Ohnmacht!", rief Insomnia Flask wild gestikulierend.

„Ich danke dir, Tacitus", antwortete Professor Wise hingegen. „Nun bin ich mir sicher, dass ich die richtige Entscheidung getroffen habe." Er erhob sich und trat zu seinen Kollegen vor das Sofa.

„Erhebt euch, Tacitus Twiggs, Foggy Bog und Hazy McMazy!" Überrascht folgten sie seiner Anweisung.

„Ihr erfüllt alle Voraussetzungen zur Aufnahme in unser Ghostkids-Einsatzteam. Ihr seid klug, mutig, haltet zusammen und wisst, was richtig ist. Ich ernenne jeden von euch zum ‚Spiritus Academicus'. Eurer weiteren Ausbildung steht nichts im Wege." Sophisticus Wise kramte drei Abzeichen aus der Tasche seiner Robe hervor und überreichte sie Tacitus, Foggy und

Hazy. „Ghostkids" stand in schwarzen Buchstaben auf rotgoldenem Untergrund geschrieben.
Hazy, Tacitus und Foggy strahlten um die Wette. Die Professoren Wise und Swindle nickten ihnen anerkennend zu, während Insomnia Flask hektisch jubilierend um das Sofa herumsprang.
Immer noch auf dem Sofa sitzend, biss sich Billy ärgerlich auf die Unterlippe. „Bin ich also wieder draußen! Ist das meine Strafe?", platzte es aus ihm heraus. Er schickte einen kalten Hauch durch den Raum.
„Wo denkst du hin?", fragte ihn Professor Wise. „Du bist von euch der Gefährlichste für uns. Du hast längst begriffen, wie vordergründig dein bisheriges Wissen als Geisterschüler war und hast Zugang zu geheimen Informationen gehabt. Vergessen wir einmal, wie du an das Handbuch gelangt bist."
„Oh ja! Vergessen wir das! Vergessen wir das! Meine Nerven!", kreischte Insomnia Flask dazwischen.
„Einen wie dich, Billy, können wir gar nicht frei herumlaufen lassen. Wir brauchen dich hier. Zum ersten Mal in der Geschichte unserer Akademie nehmen wir daher vier Kandidaten neu ins Ghostkids-Einsatzteam auf." Sophisticus Wise zog ein weiteres Abzeichen hervor und gab es Billy, der einen Freudensprung vom Sofa machte.
„Ihr solltet nun mit euren Eltern feiern. Sie sind informiert und erwarten euch vor der Akademie", riet Professor Wise. „Wir müssen uns noch mit einem weiteren Geisterschüler befassen."
„Oh weh. Wird Roger etwa auch ins Ghostkids-Einsatzteam berufen?", stöhnte Foggy.

„Sei unbesorgt", entgegnete der Direktor. „Ich habe kein weiteres Abzeichen. Wer in Kostümabteilungen Kinder tritt und einen Transporter anzündet, scheint für höhere Aufgaben nicht geeignet zu sein."

„Hurra!", riefen die vier Geisterschüler und sausten aus dem Büro. Sie eilten an Roger Ghastly vorbei, den sie mit Nichtbeachtung straften, und fielen im Garten der Akademie erleichtert ihren Eltern in die Arme.

„Alles war so wunderbar aufregend!", jubelte Hazy.

„Und ich habe das Gefühl, ab jetzt geht es erst richtig los!", freute sich Foggy. Und Tacitus strahlte bis über beide Ohren.

Autor

Stefan Schwinn schreibt seit einigen Jahren Kinderbücher und arbeitet als Lehrer an einer Schule. In seiner Freizeit liest er in Schulen, trifft sich mit Freunden, geht ins Fußballstadion oder denkt sich neue Geschichten aus.

Die Ghostkids-Idee kam ihm auf seinen Reisen nach Großbritannien. Jetzt freut er sich, die Geisterschüler an lieb gewonnene Orte schicken zu können.
Kontakt: *Der-kleine-Ritter-Apfelmus@web.de*

Illustratorin

Daniela Heirich zeichnet, seitdem sie weiß, was Stifte und Farben sind. Seit Abschluss ihrer Ausbildung im Jahr 2004 arbeitet sie als Mediengestalterin und Illustratorin in Kempen.
Sie lebt mit ihrer Tochter, ihrem Mann und mehreren Tieren in Oberhausen.

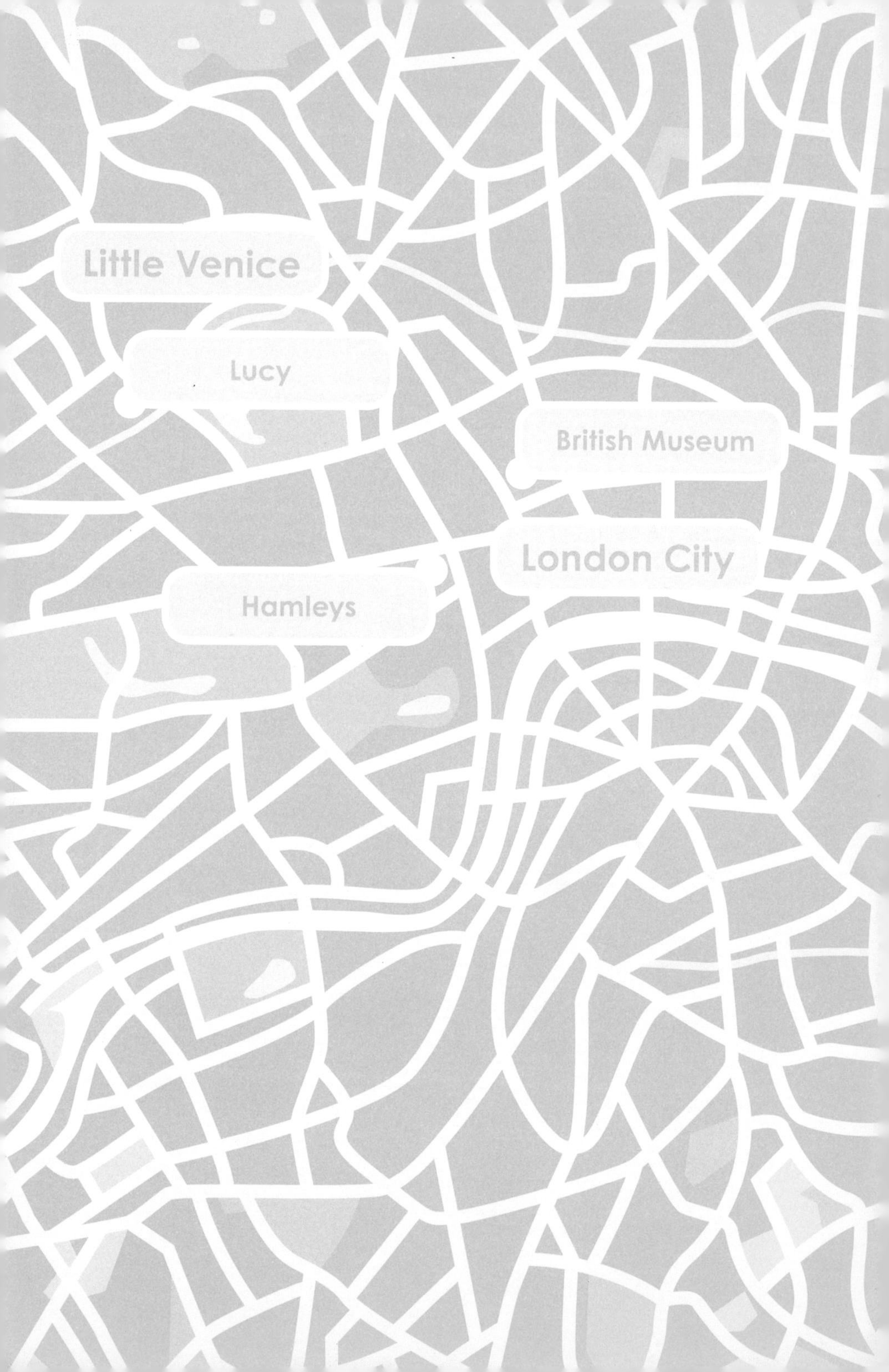
Little Venice
Lucy
British Museum
London City
Hamleys